Paris

1828

Guilbert de Pixerécourt, R. C. et Benjamin, M.

Guillaume Tell

GUILLAUME TELL,

MÉLODRAME EN SIX PARTIES,

Imité de Schiller,

PAR R. C. GUILBERT DE PIXERÉCOURT,

EN SOCIÉTÉ AVEC M. BENJAMIN,

MUSIQUE DE M. ALEXANDRE;

DÉCORATIONS DE M. GUÉ.

Représenté, pour la première fois, à Paris, sur le Théâtre de la Gaîté, le Samedi 3 Mai 1828.

PARIS,

CHEZ LAMI, ÉDITEUR,

BOULEVART DU TEMPLE, N. 47.

1828.

PERSONNAGES.	ACTEURS.
GESSLER, gouverneur des cantons d'Uri, d'Underwald et de Schwitz..........	MM. FERDINAND.
GUILLAUME TELL, du canton d'Uri..	MARTY.
CONRAD, du canton de Schwitz.......	FRANCISQUE.
MECHTAL père, du canton d'Underwald.	JULIEN.
MECHTAL, fils.....................	CAMIADE. / LÉOPOLD.
WALTER, fils de Tell, âgé de 5 ans....	EMILE.
KUNTZ, pêcheur.....................	DUMENIS.
ARNOLD, } Hommes d'armes....	LEQUIEN.
RODOLPHE, } Hommes d'armes....	PLANÇON.
HANTZ, habitant..................	THIÉRY.
UN BERGER.........................	CHARLES.
UN GEOLIER.........................	ETIENNE.
DEUX ENFANS........................	
EDWIGE, femme de Tell..........	Mmes GOBERT.
GERTRUDE, sœur de Conrad, fiancée à Mechtal fils......................	SIDONIE.
BERTHE, mère de Tell..............	CHÉZA.
MARIE, pauvre femme...............	DESJARDINS.
LISBETH, jeune paysanne...........	EUGÉNIE
UNE PAYSANNE......................	MUNERET.
UNE BERGÈRE........................	MARGUERITE.

La Scène se passe en Suisse, en 1307.

Vu au Ministère de l'Intérieur, conformément à la décision de son Excellence en date de ce jour.

Paris, le 23 février 1828.

Par ordre de Son Excellence,
Le Chef du Bureau des Théâtres,
COUPART.

IMPRIMERIE DE DAVID,
BOULEVART POISSONNIÈRE, N. 6.

GUILLAUME TELL,

MÉLODRAME EN SIX PARTIES.

PREMIÈRE PARTIE.

Le théâtre représente un site pittoresque du canton d'Underwald. A droite (1), le chalet de Mechtal père ; à gauche, au bord du lac qui traverse le fond, une cabane de pêcheur ; au-delà, des collines boisées et des montagnes couvertes de neige.

SCÈNE PREMIÈRE.

GUILLAUME, LE VIEUX MECHTAL, MECHTAL FILS, CONRAD, EDWIGE, GERTRUDE, WALTER, PARENS, AMIS, PAYSANS ET PAYSANNES.

(Au lever du rideau, les principaux personnages sont assis autour d'une table placée devant le chalet. Les autres exécutent des danses au son de la musette, du hautbois et du tambourin. Tableau très-animé d'une noce villageoise.)

MECHTAL fils, *portant un toast.*

Au vénérable Mechtal, le patriarche d'Underwald!.....

CONRAD, *de même.*

Au fils Mechtal, notre ami! à toi Gertrude, ma sœur, sa jeune épousée!

TOUS.

Aux deux jeunes époux!...

LE VIEUX MECHTAL.

A Guillaume Tell du canton d'Uri!..... A sa digne compagne, l'excellente Edwige!...

TOUS.

A Guillaume!... à Edwige!...

TELL, *se levant.*

A la Suisse, mes amis!..... Au jour qui verra fuir l'infâme Gessler comme le chamois que nous poursuivons sur les glaciers!

---

(1) Toutes les indications de droite et de gauche sont censées prises du parterre, et relativement aux spectateurs; les acteurs sont placés au théâtre comme les personnages en tête de chaque scène.

TOUS, *élevant leurs verres.*

A l'expulsion de Gessler !...

EDWIGE.

Mon ami, si les échos des montagnes venaient à lui redire tes paroles ?

TELL.

Nous sommes au milieu de nos parens, de nos amis.

EDWIGE.

C'est pourquoi soyons tout à la fête ; laissons ces deux jeunes époux se livrer à leur amour.

TELL.

Cette journée n'est pas encore finie.

LE VIEUX MECHTAL.

Votre Edwige a raison, Guillaume ; je vous demande grâce pour ma Gertrude. Voyez, comme en vous écoutant, son joli minois s'est déjà rembruni.

GERTRUDE.

Oui, je l'avoue, ses paroles m'ont fait frissonner malgré moi ; mais que puis-je craindre auprès de mon père, de mon époux, de ma famille entière ?

LE VIEUX MECHTAL.

Nos jeunes gens aussi ont interrompu leurs danses ; reprenez-les, mes amis, livrez-vous au plaisir avec toute la ferveur de votre âge.

(Les danses reprennent, mais bientôt un mouvement d'effroi se communique à tous les villageois, qui s'arrêtent spontanément et reculent à l'aspect d'un soldat de Gessler, qui paraît à droite.)

LE VIEUX MECHTAL.

Eh bien, mes enfans, qui vous arrête ?...

(On lui montre l'homme d'armes qui s'avance.)

SCÈNE II.

LES MÊMES, RODOLPHE.

MECHTAL fils.

La livrée de Gessler !...

(Tout le monde se lève.)

TELL.

Que veut cet homme ?

RODOLPHE.

C'est au vieux Mechtal que je dois le dire.

LE VIEUX MECHTAL.

Le voici ; parlez (1).

RODOLPHE.

De la part de Gessler, gouverneur des trois cantons, je viens vous donner l'ordre de vous rendre sur-le-champ à Altorf, avec Gertrude, la jeune épouse de votre fils.

---

(1) Le vieux Mechtal, Mechtal fils, Gertrude, Tell, Edwige, Conrad.

TOUS.

Sur-le-champ?...

GERTRUDE.

Mechtal, je ne te quitte pas.

LE VIEUX MECHTAL.

Quel est le but de Gessler?...

MECHTAL fils.

Quel motif peut nécessiter une semblable visite?

RODOLPHE.

Mon maître vous l'apprendra.

TELL, *à Edwige.*

Son âme basse et cruelle ne peut concevoir que le mal, et je prédirais d'avance.....

EDWIGE.

Silence! mon ami.

TELL.

Gessler veut que la jeune épouse s'absente le jour même de son mariage? Que ce bon père quitte sa famille et ses amis au milieu de cette solennité?

RODOLPHE.

L'ordre n'admet point de retard.

TELL.

On ira demain.

RODOLPHE.

C'est à l'instant même qu'il faut obéir.

(Mouvement parmi les villageois, qui cachent leurs femmes et leurs filles.)

MECHTAL fils.

En ce cas, mon père, restez avec nos braves compagnons; tenez ma place auprès d'eux quelques instans. Je vais moi-même présenter ma femme à Gessler.

RODOLPHE.

C'est votre père qu'il demande.

MECHTAL fils.

Comme rien de ce qui la regarde ne m'est étranger maintenant, je dois, je veux l'accompagner.

RODOLPHE.

Eh! bien, marchons!

LE VIEUX MECHTAL.

Sois prudent, Mechtal; songe que tu es devenu chef de famille.

MECHTAL fils.

Je ne l'oublierai pas, mon père. (*A ses amis*) Il ne faut pas vous alarmer : la conversation ne sera pas longue, je vous le promets. Sans adieu, continuez vos jeux; n'oubliez pas que le son de vos musettes et de vos tambourins nous fera croire encore pendant la route que nous sommes auprès de vous.

GERTRUDE.

Nous serons de retour avant la nuit.

MECHTAL fils.

Toi, ma Gertrude, sois tranquille, entends-tu?

GERTRUDE.

Oh! avec toi, je n'ai pas peur.

MECHTAL fils, *à Rodolphe.*

Allons, M. l'homme d'armes, montrez-nous le chemin.

(Rodolphe, s'éloigne suivi de Gertrude et de Mechtal fils. Leurs amis les suivent un moment des yeux et redescendent la scène.)

SCÈNE III.

LE VIEUX MECHTAL, EDWIGE, TELL, GERTRUDE, CONRAD, PARENS ET AMIS.

CONRAD.

Guillaume a raison, cette visite n'est pas naturelle.

LE VIEUX MECHTAL.

Au fait, que peut-il vouloir à cette heure?

TELL.

Troubler notre joie, nos plaisirs. Un méchant souffre quand il voit les autres heureux; ne nous a-t-il pas habitués à supporter ses caprices?

LE VIEUX MECHTAL.

Il y a huit jours, entouré d'une troupe de cavaliers, il s'arrête devant cette maison et la regarde. Je me lève et m'avance avec respect. « A qui ce châlet, dit-il brusquement? il ne l'ignorait pas. — Ce châlet, Seigneur? je l'ai fait construire sur un terrain que je tiens à fief de l'empereur Albert, mon maître et le vôtre. — C'est moi, ajoute-t-il alors, qui, représente ici l'Empereur; je ne permettrai pas que les paysans bâtissent de leur chef et vivent aussi libres que s'ils étaient les maîtres de cette terre.

TELL.

Je voudrais bien savoir de quel droit cet homme ose nous parler ainsi? Ce n'est qu'un agent subalterne; et il use en tyran de cette autorité précaire! il nous traite comme de vils esclaves! C'est trop long-temps le souffrir.

CONRAD.

Avant hier, j'étais aux champs avec mon frère et sa famille. Nous étions tous occupés à lier des gerbes; on les entassait à mesure sur un char que deux génisses attelées devaient conduire à notre habitation. Une vive et franche gaîté nous excitait au travail. Tout-à-coup paraît un soldat envoyé par Gessler. Il vient droit à nous en foulant nos épis, arrive au char, l'examine et détache le joug des génisses—De quel droit, lui dit mon frère, prétends-tu m'enlever ces animaux, mon unique bien, ma seule richesse? Ce sont eux qui nourrissent ma famille et donnent à ton

Gessler le salaire que tu en reçois. — Obéis, répond le soldat, et n'interroge pas tes maîtres. — A ces mots, la fureur brille dans les yeux de mon frère ; d'une main vigoureuse il arrache au soldat le joug qu'il venait de délier, le lève sur sa tête..... Je pousse un cri et je m'élance au-devant du coup qui allait le frapper. — Lâche, lui dit mon frère, rends grâce à Conrad ; sa voix plus puissante que ma colère m'empêche de purger la Suisse de l'un de ses ennemis ; fuis, ou cette vallée va devenir ton cercueil !

LE VIEUX MECHTAL.

Comment y résister ? comment ne pas perdre patience ?

CONRAD.

En attendant, il pousse avec une rapidité désespérante cette construction nouvelle qu'il nomme la servitude d'Altorf. De mémoire d'homme on n'avait vu de prison dans ces contrées ; jamais la pierre n'avait servi qu'à construire des tombeaux ; et Gessler ose forcer les citoyens à transporter eux-mêmes les pierres de leur cachot ! des bastions, des contre-forts, qui semblent bâtis pour l'éternité, dominent et menacent nos habitations !

TELL.

Ce que la main de l'homme a construit, la main de l'homme peut l'abattre. (*Montrant les montagnes.*) Voilà les remparts que la nature a élevés pour nous ; ceux-là, nul pouvoir ne saurait les renverser.

EDWIGE.

Cher Guillaume ! De grâce, faites trêve à ces discours qui ne peuvent qu'irriter d'avantage les esprits.

LE VIEUX MECHTAL.

Edwige parle en femme de bon sens ; suivons ses conseils.

TELL.

Soit.

(Il va s'asseoir à l'angle du châlet auprès de Conrad qui l'y a précédé. On a enlevé la table.)

EDWIGE, *aux convives.*

Pour chasser les noires idées que ces réflexions ont fait naître, reprenons nos jeux et nos danses.

TOUS LES VILLAGEOIS.

Oui, dansons.

EDWIGE, *qui voit Guillaume absorbé.*

Guillaume ?

(C'est en vain qu'elle lui fait signe de venir près d'elle. Il reste immobile et tout à ses sombres réflexions. Edwige alors va s'asseoir à gauche et les danses reprennent.)

BALLET.

SCÈNE IV.

Les Mêmes, MECHTAL fils.

(Le final du ballet, qui se compose surtout d'une walse suisse, est interrompu par les cris de Mechtal fils qu'on entend au loin.)

MECHTAL fils, *au dehors.*

Mes amis ! ô mes amis !...

TOUS.

C'est Mechtal !...

(Mechtal accourt en désordre, une hache à la main.)

CONRAD.

D'où vient ce désordre ?

TELL.

Pourquoi cette hache ?

EDWIGE.

Et Gertrude ?...

CONRAD.

Et ma sœur ?...

LE VIEUX MECHTAL, *avec anxiété.*

Mon fils, qu'as-tu fait ?...

MECHTAL fils, *hors de lui.*

Ce qu'eût fait tout autre à ma place ; j'ai usé de mon droit ; j'ai puni celui qui voulait outrager et ma femme et moi-même.

CONRAD.

Le monstre aurait osé...

MECHTAL fils.

Il n'a point accompli son dessein ; Dieu et cette hache l'en ont empêché.

TELL.

Ta hache a frappé Gessler ?...

MECHTAL fils.

Non ; mais son vil émissaire. Misérable Gessler !.... il avait bien ses raisons pour vouloir que Gertrude n'eût d'autre appui que le bras d'un vieillard ; rien n'eût mis obstacle à ses infâmes désirs. C'était Gertrude seule qu'il voulait, et il ose me le faire dire à moi, son époux !... Il ordonne, si je fais résistance, qu'on l'arrache de mes bras (*mouvement général d'indignation*). Gertrude, épouvantée, se presse contre mon cœur. L'exécuteur des volontés de son maître étend une main odieuse sur ma compagne chérie. Ses cris, mes prières, mes efforts sont inutiles ; je la sens qui m'échappe,... on va l'entraîner devant Gessler !... « Jamais avant ma mort !... » Et d'un mouvement terrible, je me précipite. La hache du garde passe dans mes mains ; le sang jaillit !... Gertrude et moi nous franchissons le seuil de la demeure impure... Je la traîne... je l'emporte. Cependant ma vengeance avait eu des témoins ; j'entends le bruit des armes.

Bientôt je vois des gardes accourir dans l'éloignement; je veux doubler de vitesse...; les forces de Gertrude sont épuisées; les miennes se refusent à soutenir ce précieux fardeau, et sans la chapelle du Vallon, qui me présentait un asyle où je l'ai déposée sous la garde du pasteur, c'était fait de nous!.. les soldats nous eussent atteints, mais non séparés; car nous nous étions juré de ne pas retomber vivans entre leurs mains, et vous n'eussiez retrouvé sur la route que nos cadavres mutilés!...

TOUS.

Quelle horreur!...

EDWIGE.

Que faire?...

MECHTAL fils.

Souffrirons-nous long-temps encore de pareils excès?

CONRAD.

Appelons nos amis.

TELL.

Avant qu'ils soint rassemblés, les gardes seront venus. Mechtal ne peut plus rester en ces lieux : s'il tombe entre les mains de Gessler, c'est fait de lui.

LE VIEUX MECHTAL.

Mon fils, comment te sauver?

CONRAD, *au fond.*

J'aperçois au loin des soldats dans la plaine.

MECHTAL fils.

Cette hache leur coûtera cher à reprendre.

TELL.

Les momens sont précieux; il n'y a point à hésiter : il faut passer le lac et gagner les montagnes.

CONRAD, *au fond.*

Voilà la barque du pêcheur; voyons s'il est dans sa cabane. (*Il appelle en frappant*) Kuntz!... Kuntz!...

(Le temps se couvre, il éclaire au loin, la foudre gronde sourdement.)

SCÈNE V.

Les Mêmes, KUNTZ.

CONRAD *à Kuntz qui sort avec ses filets à la main.*

Laisse-là tes filets; détache ton bateau.

KUNTZ.

Pourquoi faire?

TELL.

Il faut passer Mechtal sur l'autre rive.

KUNTZ.

Bah!... laissez donc!. . une tempête se prépare; il faut attendre.

LE VIEUX MECHTAL.

Attendre, juste ciel!...

EDWIGE.

Chaque instant de retard lui donne la mort!

TELL.

Essayez et le ciel vous aidera.

(Le tonnerre gronde, le vent soulève les flots.)

KUNTZ.

Par exemple!.... vous êtes donc sourds et aveugles?... n'entendez-vous pas au loin le bruit des vents déchaînés?.. Voyez-vous là bas ces nuages poussés par l'ouragan? dans quelques minutes le lac ne sera plus navigable. Amusez-vous donc à lutter contre les flots.

CONRAD, *au fond.*

Dépêchez-vous... ils approchent!

LE VIEUX MECHTAL.

Il y va de sa vie!

EDWIGE.

Laissez-vous émouvoir.

TELL.

C'est un père qui te prie pour son enfant.

KUNTZ.

Je ne vous dis pas le contraire. Et moi donc, est-ce que je n'ai pas comme lui ma vie à conserver? Est-ce que je n'ai pas aussi une femme et des enfans? Je voudrais de tout mon cœur le sauver; mais c'est impossible.

TELL.

Dans deux minutes, il sera trop tard.

LE VIEUX MECHTAL.

La tempête peut se calmer... Dieu prendra pitié de mon fils, mais non pas Gessler. Allons, mon ami, du courage, du courage!

TOUS.

Sauvez-le! sauvez-le!

KUNTZ.

Je vous dis que c'est impossible.

TELL.

Eh bien donc, viens Mechtal! à moi le bateau.

(Il court au bateau qu'il détache.)

KUNTZ, *à part.*

A moi le bateau?... à la bonne heure, pourvu qu'il me le ramène.

MECHTAL fils, *à Tell.*

Mon ami!...

CONRAD.

Brave Tell!...

LE VIEUX MECHTAL.

Vous êtes mon sauveur!...

EDWIGE, *ramenant Tell sur le devant.*

Tell! et ton épouse? et ton fils? tu ne penses donc plus à eux?..

TELL.

Au contraire. C'est en voyant ma bien-aimée que j'éprouve l'impérieux besoin de conserver un époux à Gertrude. Partons!.

(Il monte dans la barque avec Mechtal fils, et dit en s'emparant du gouvernail).

Amis! Je vous confie ma femme et mon enfant. Je fais ce que me commande mon devoir, le ciel fera le reste... adieu!...

(Ils disparaissent vers la gauche; tout le monde s'agenouille, les bras tendus vers eux comme pour supplier le ciel de leur accorder une heureuse traversée.)

LE VIEUX MECHTAL.

Dieu! protège le brave Tell.

(On se relève.)

SCÈNE VI.

EDWIGE, LE VIEUX MECHTAL, CONRAD.
PAYSANS ET PAYSANNES

EDWIGE.

Pourvu qu'ils échappent à la tempête!...

LE VIEUX MECHTAL.

Tell est aussi habile pilote qu'excellent archer, il n'a rien à craindre.

CONRAD, *au fond.*

Les hommes d'armes s'avancent, Gessler est à leur tête! Edwige et vous, ses chères compagnes, fuyez!..

LE VIEUX MECHTAL.

Oui, dérobez-vous aux regards de ce monstre; il serait assez lâche....

EDWIGE.

Vous abandonner? jamais!...

LE VIEUX MECHTAL.

Eloignez-vous promptement. Par l'autorité de ma vieillesse, par le respect que vous portez à mes cheveux blancs, je vous l'ordonne. N'exposez pas la vie de tant de braves gens qui ne vous laisseraient pas insulter impunément.

(Les hommes forcent les femmes à s'éloigner, toutes obéissent et se retirent par la gauche.)

S'accomplissent maintenant les décrets de la Providence!

SCÈNE VII.

GESSLER, LE VIEUX MECHTAL, CONRAD,
HOMMES D'ARMES, VILLAGEOIS.

GESSLER, *à un homme d'armes*

Faites cerner le vallon. (*Aux villageois.*) Et vous, Evrez-nous à l'instant l'assassin à qui vous venez de donner un asyle.

LE VIEUX MECHTAL.

Des assassins ? on n'en connaît point dans nos chalets ; c'est dans vos villes, dans vos châteaux-forts, qu'il faut les chercher.

GESSLER.

Vieillard, oublies-tu que tu parles à Gessler ?

LE VIEUX MECHTAL.

Je le reconnaîtrais à la dureté de son langage, s'il n'était déjà trop conu dans nos contrées, l'homme qui, chargé de veiller au bonheur des trois cantons, a su trouver le moyen d'aliéner tous les cœurs. Tu le vois, ma mémoire est fidèle.

GESSLER.

Je justifierai le portrait que tu viens de tracer ; mais avant tout, c'est le meurtrier qu'il me faut, Qu'est-il devenu ? qui veut le dérober à la justice ? livre-le moi.

LE VIEUX MECHTAL.

Un père te livrer son enfant !

GESSLER.

Ah ! tu es son père.

LE VIEUX MECHTAL

L'âme de Gessler est seule capable de concevoir la possibilité d'un crime qui révolte la nature.

GESSLER

Où se cache-t-il ? réponds. Je le veux.

LE VIEUX MECHTAL, *allant au bord du lac.*

Viens.. . regarde. Le voilà sur la rive opposée.

GESSLER.

Malédiction !..... Vieillard insensé ! ta tête me répondra de la sienne, si tu ne me livres à l'instant son épouse.

CONRAD.

Ma sœur !.....

LE VIEUX MECHTAL.

Elle est sous la protection d'un plus puissant que toi.

GESSLER.

Nomme-le.

LE VIEUX MECHTAL.

Dieu, qui chaque jour inscrit tes nouveaux forfaits ; Dieu, qui prendra pitié des maux que tu fais peser sur nous. Il exaucera les vœux de ses enfans qui, prosternés devant ses autels, lui demandent incessamment vengeance. Ose pénétrer dans la maison du Seigneur, et tu entendras les prières que lui adressent les trois cantons ; il n'aspirent qu'à être délivrés à jamais de l'horreur de te voir.

GESSLER.

Ah! c'est de l'horreur de me voir que tu veux être délivré! Je vais te satisfaire.

CONRAD.

Il me fait frémir!.....

GESSLER, *aux soldats.*

Saisissez-vous de ce rebelle, et que ses yeux soient privés de la lumière.

TOUS.

Juste ciel!...

LE VIEUX MECHTAL.

L'avenir nous jugera.

CONRAD.

Ah! seigneur!... pardonnez à un père au désespoir.

GESSLER.

Qu'on l'emmène!...

(Des soldats entraînent le vieux Mechtal dans le chalet.)

TOUS.

Pardonnez-lui.

GESSLER.

Orgueilleux, qui refusiez de vous prosterner; vous voilà devant moi le front dans la poussière! Il est trop tard, maintenant... Obéissez!...

CONRAD.

Souffrirons-nous ce crime effroyable?

GESSLER.

Le même sort attend celui qui tenterait de le sauver.

CONRAD, *hors de lui.*

Mourons s'il le faut!...

GESSLER, *à ses gardes.*

Frappez sans pitié quiconque oserait pénétrer dans ce chalet.

(Il y entre. Les soldats vont le suivre; mais au bruit de la foule qui se précipite vers eux, ils se retournent et présentent leurs hallebardes aux habitans, qui reculent. Les gardes alors entrent librement et referment la porte avec soin.)

SCÈNE VIII.

CONRAD, KUNTZ, VILLAGEOIS.

CONRAD, *au désespoir.*

O honte!... ô désespoir!...

(Tous les villageois montent sur les bancs, les pierres et les arbres, pour tâcher de voir dans l'intérieur du chalet à travers les croisées. — Un gémissement prolongé se fait entendre. Mouvement d'horreur.)

Le crime est consommé!...

(En disant ces mots, Conrad exaspéré entraîne ses compagnons de l'autre côté de la scène.)

Que le cri de la victime retentisse sans cesse à vos oreilles et dans vos cœurs ; que les trois cantons se réveillent à cet épouvantable cri de douleur et de détresse ; que le sang versé retombe sur leurs têtes !...

TOUS, *à voix basse et accentuée.*

Oui !...

CONRAD.

Ce soir....

TOUS, *de même.*

Ce soir !...

CONRAD.

A dix heures...

TOUS, *de même.*

A dix heures !...

CONRAD.

Dans la prairie voisine...

TOUS, *de même.*

Oui !...

CONRAD.

Que tous les hommes soient prévenus de proche en proche.

TOUS, *de même.*

Tous !...

CONRAD.

Silence !.... On vient !...

(La porte du châlet s'ouvre. Gessler en sort le premier. Des hommes d'armes le suivent.)

SCÈNE IX.

Les Mêmes, GESSLER, HOMMES D'ARMES.

GESSLER, *à la porte du châlet et s'adressant au vieux Mechtal.*

Maintenant, va rejoindre ton fils.

LES VILLAGEOIS *avec horreur.*

Ah !...

GESSLER, *aux soldats.*

Dissipez ces mutins ; égorgez leurs troupeaux ; que le fer et la flamme détruisent leurs habitations !...

(Les hommes d'armes forment une ligne serrée à mesure qu'ils sortent du châlet, et forcent les paysans, la lance dans les reins, à se retirer. Tout le monde sort par la droite ; Gessler marche le premier et l'épée à la main.)

DEUXIÈME PARTIE.

CHANGEMENT A VUE. — Le théâtre représente une vallée boisée dominée par de hautes montagnes et arrosée par les eaux d'un torrent qui se précipite sous un pont rustique construit en bois et d'une hauteur prodigieuse. La lune qui se lève à l'horison, éclaire la cime des glaciers et répand sa pâle clarté sur les environs. A droite, un sentier escarpé paraît communiquer au pont; çà et là, des sapins et des bouleaux.

SCÈNE X.

BERGERS ET BERGÈRES.

(On entend dans l'éloignement le ranz des vaches. Des bergers paraissent sur le pont et appellent leurs camarades qui descendent des montagnes pour retourner dans leurs habitations avec les troupeaux qu'ils chassent devant eux.)

UN BERGER, *en dehors.*

Berger, lève les yeux
Vers la voûte étoilée.

UNE BERGÈRE, *en dehors du côté opposé.*

Fuis les monts sourcilleux,
Descends dans la vallée.

LE BERGER, *de même.*

Ramène tes troupeaux,
Berger, la lune brille.

LA BERGÈRE, *de même.*

Va chercher le repos
Auprès de ta famille.

CHŒUR.

Jamais de nos chalets
Rien ne trouble la paix, } *Bis.*
Jamais.... (*Bis.*)

UNE PAYSANNE, *en descendant par le sentier.*

Pendant la veillée,
Ma mère s'endort souvent;
Moi, j' reste éveillée....
J'écoute... on frapp' doucement.
Faut voir qui c' peut être...
Si c'était un malheureux!...
J'entrouvre la f'nêtre,
Et je vois mon amoureux. } (*Bis.*)
Tra la la, etc.

UN PAYSAN.

C'est bon, je le dirai à ta mère.

LA PAYSANNE.

Oh! vous ne serez pas si méchant.

CHŒUR FINAL.

Jamais de nos chalets
Rien ne trouble la paix. } (*Bis.*)
Jamais. (*Bis.*)
Jamais
La paix
Ne quitte nos chalets.
Jamais.

(Tous s'éloignent en achevant ce chœur.)

SCÈNE XI.

MECHTAL fils, TELL, *entrant par la gauche.*

TELL.

Tu n'as plus rien à redouter; je défie maintenant Gessler de nous atteindre.

MECHTAL fils.

O mon ami! mon sauveur!... Comment reconnaître un dévoûment si noble, si généreux?...

TELL.

En faisant de même pour un autre. Gessler t'en fournira bientôt l'occasion.

MECHTAL fils.

Au milieu de la tempête j'admirais ton imperturbable sang-froid. Il ne fallait pas moins que ton adresse et ta vigueur, pour triompher du courroux des flots.

TELL.

Nous voilà tout près de Rutli. En suivant ce sentier nous arriverons sans danger au châlet du respectable Werner, oncle de ma femme. Tu attendras là ton épouse et ton père, qui s'empresseront de venir te joindre. La prudence ne permet pas que tu quittes ces défilés inconnus à notre persécuteur, au moins jusqu'à ce que son courroux soit calmé.

MECHTAL fils.

Quelqu'un s'avance à pas précipités.

TELL.

Tenons-nous à l'écart. (*Il va regarder au fond.*) Les rayons de la lune frappent en plein sur son visage..... C'est Conrad!

(On a vu Conrad passer précipitamment sur le pont. Il arrive en scène par le sentier de droite. Mechtal fils se précipite vers lui.)

SCÈNE XII.

MECHTAL fils, CONRAD, TELL.

MECHTAL fils.

Conrad, ah! mon ami!

CONRAD.

C'est toi, Mechtal....

MECHTAL fils.

Parle-moi de Gertrude, de mon père. N'ai-je rien à redouter pour leurs jours?

CONRAD.

Malheureux fils! ne m'interroge pas.

MECHTAL fils.

Grand Dieu! aurait-on ordonné le supplice de mon père? Tu n'oses répondre?

CONRAD.

Il existe encore, mais...

MECHTAL fils.

Au nom de l'amitié, parle, parle, je t'en supplie.

CONRAD.

Son sort est plus affreux que le trépas.

MECHTAL fils.

Quel qu'il soit, hâte-toi de me l'apprendre.

TELL.

Nous savons jusqu'où peut aller la cruauté de Gessler. Parle.

CONRAD.

Furieux de ta fuite et de l'absence de Gertrude ; irrité de la noble attitude de ton père, il a appelé ses bourreaux....

MECHTAL fils.

Achève.

TELL

Je frissonne !

CONRAD.

Il a dit : « que ses yeux soient privés de la lumière. »

TELL.

Juste ciel !

MECHTAL fils.

Et... cet ordre affreux ?

CONRAD.

A reçu son exécution.

MECHTAL fils et TELL, *cri d'horreur.*

Ah !

MECHTAL fils.

Et je n'étais pas là pour le défendre ! et vous avez permis...

CONRAD.

Que pouvions-nous, sans armes contre ses nombreux bourreaux ?

MECHTAL fils.

Mon père !

TELL.

Ce ne sont pas des larmes qu'il faut répandre !

MECHTAL fils.

Mon père, il porte la peine de ma faute... Ses regards pleins de bonté ne s'arrêteront plus sur moi... Il vivra privé de la vue des objets qui lui sont chers ! O mon père !

TELL.

Reviens à toi, supporte ce malheur en homme.

CONRAD.

Ce n'était point assez : Gessler a fait abattre son châlet ; l'a dépouillé de tout... Il ne lui a laissé qu'un bâton pour aller mendier de porte en porte.

MECHTAL fils.

Mon père mendier !

CONRAD.

Son chien heurlait à ses côtés comme pour déplorer ce malheur ; ce fidèle gardien voulait le suivre, guider ses pas chancelants...

TELL et MECHTAL fils.

Eh bien?...

CONRAD.

Irrité de cet instinct généreux, Gessler a fait un signe, et le fidèle animal est tombé mort aux pieds de son maître mutilé.

TELL.

Quelle horreur!...

MECHTAL fils.

Ne me parlez plus de rester en ces lieux, de me cacher. Lâche que je suis d'avoir pensé à ma sûreté et non pas à la sienne!... C'est moi qui ai livré sa tête à notre bourreau!... Guillaume, reconduis-moi sur l'autre rive; il faut que j'éteigne dans le sang de Gessler la rage qui me dévore.

(Fausse sortie.)

TELL.

Arrête!... Que peux-tu contre lui? Il est enfermé dans Altorf, protégé par de hautes murailles, il se rit de ton impuissante fureur.

MECHTAL fils.

Quand il habiterait les sommets glacés du Riggi, je saurai pénétrer jusqu'à lui; il me faut du sang pour racheter celui qu'il a versé!...

CONRAD.

Le crime commis sur ton père a comblé la mesure; bientôt tes vœux seront exaucés.

TELL et MECHTAL fils.

Comment?...

CONRAD.

Ecoute : dans une heure, les principaux habitans d'Uri, d'Underwald et de Schwitz vont se rendre ici par des sentiers ignorés, pour y délibérer sur nos dangers. Attends.

MECHTAL fils.

Attendre! quand mon père est en proie aux plus horribles souffrances!...

TELL.

Il le faut. Patience... Avant peu, cette nuit même, nous prendrons une résolution sage, énergique, et digne de nous.

MECHTAL fils.

J'attendrai.

TELL.

Donne-moi la main, et toi aussi, Conrad, en signe d'union indissoluble ; de même que nos trois cantons vont former un pacte éternel et sacré ; à la vie, à la mort !

TOUS TROIS, *groupés comme dans le beau tableau de Steuben.*

A la vie ! à la mort !

TELL.

Ton vieux père ne peut plus voir le jour de notre délivrance ; mais nos cris de ralliement parviendront jusqu'à lui ; il entendra tomber nos fers ; nos amis, en se pressant autour de sa cabane, feront retentir à son oreille leurs transports de joie ; et les rayons de cette fête pénétreront encore jusque dans la nuit qui l'environne.

CONRAD.

Paix !... On vient...

(Il monte le sentier.)

Tu le vois, Mechtal, nos amis sont de parole : je reconnais les enfans d'Underwald. Qui va là ?...

HANTZ, *au dehors.*

Vos amis d'Underwald !

SCÈNE XIII.

LES MÊMES, HANTZ, HABITANS D'UNDERWALD.

CONRAD.

Soyez les bienvenus.

TELL (1).

Quelle honte est la nôtre !... Sur cette terre de nos ayeux, sur notre propre héritage, nous sommes réduits à nous réunir en secret, dans le silence !... Comme de vils meurtriers, nous empruntons le voile mystérieux de la nuit.

CONRAD.

Qu'importe ?... Ce qui sera éclos dans l'ombre paraîtra sans crainte à la clarté du jour. Partout où l'on s'occupe de ce qui est bien, l'Eternel s'y trouve, et nous sommes ici sous la voûte céleste.

MECHTAL fils.

Vous tous qui avez été témoins du crime affreux commis sur un père adoré, vous répondrez aux accens d'un fils au désespoir et qui demande vengeance.

TELL.

Nous n'avons jamais souffert que la force prît sur nous quelqu'empire ; cette terre nous appartient par une possession de plus de dix siècles. C'est nous qui avons détruit les immenses forêts qui couvraient d'une ombre éternelle ces lieux sauvages ; c'est nous qui avons brisé les rochers et frayé au-dessus de l'abîme une route assurée au voyageur ; et un odieux étranger oserait nous présenter des chaînes ! non, non !... Nous saurons défendre ce que nous avons de plus cher au monde : nos femmes, nos enfans, et notre liberté !...

(1) Hantz, Conrad, Tell, Mechtal fils.

TOUS.

Oui !...

(On entend un son de trompe éloigné.)

CONRAD.

Je crois entendre la troupe d'Uri.

SCÈNE XIV (1).

LES MÊMES, HABITANS D'URI, KUNTZ.

TELL.

Que vois-je ?... Kuntz, le pêcheur qui tantôt a craint de sauver un de ses frères ?... Retourne dans ton châlet ; nous ne voulons pas d'hommes timides parmi nous.

KUNTZ.

Ecoutez donc, Guillaume, n' vous fâchez pas ; charité ben ordonnée commence par soi-même. Tantôt il ne s'agissait que d'une seule personne, et nous sommes sept chez nous ; il faut du pain à tout ce monde-là, et il n'y a que moi pour leur en donner. Ici, c'est tout différent ; il s'agit des trois cantons, j'ai tout quitté alors, j'ai plus peur de rien.

TELL.

Touche là. Je reconnais un brave homme qui sommeillait, mais que l'heure du danger trouve debout.

KUNTZ.

J' crois ben. Tel que vous me voyez, j'ai de fières choses à vous annoncer.

CONRAD.

Quelque nouvelle cruauté ?

KUNTZ.

J' vas vous conter ça ; laissez-moi tant seulement reprendre haleine..... J'ai tant couru !..... m'y v'là, J' suis été jusqu'à Altorf ; on battait l'tambour, tout le monde accourait, j'ai fait comme tout le monde. Un crieur public était là, une torche à la main : « Au nom de l'empereur, qu'il » s'est mis à dire, écoutez. » C'est ce que j'ai fait. « Vous » voyez ben ce bonnet ? on va le planter sur un poteau au » milieu de la place, et le seigneur Gessler ordonne que » tout un chacun le salue ni plus ni moins que si c'était » lui-même. »

(Murmure général.)

TELL.

Et qu'a-t-on répondu ?

KUNTZ.

Rien du tout. L' monde s'est mis à rire ; j'ai fait comme tout le monde. L' crieur a planté son bonnet et a mis une sentinelle de chaque côté pour obliger les passans à saluer et à faire des génuflexions. Passe encore si c'était la cou-

(1) Hantz, Conrad, Kuntz, Tell, Mechtal fils.

ronne de l'empereur; mais la coiffure de Gessler... oh!....

(*Nouveaux murmures.*)

MECHTAL fils.

C'est plus que des gens d'honneur n'en peuvent supporter!..

CONRAD.

Conçoit-on un pareil délire?

TELL.

Il veut nous réduire au désespoir.

KUNTZ.

Et vous ne savez pas c' qu'il a imaginé pour en finir tout d' suite avec ceux qui refuseront? il a fait doubler l' nombre des ouvriers qui travaillent à la prison d'Altorf.

CONRAD.

Vous le voyez, les ménagemens sont impossibles.

TELL.

Il faut chasser nos bourreaux...

LE VIEUX MECHTAL, *sur le pont en dehors.*

Mechtal!...

TELL.

Qu'est-ce que j'entends?...

MECHTAL fils.

Quels accens!...

LE VIEUX MECHTAL, *de même.*

Mechtal!... Mon fils!...

MECHTAL fils, *l'apercevant.*

C'est mon père!

(*Il court à la rencontre de son père qu'il aide à traverser le pont et dont il guide les pas chancelans jusqu'à l'avant-scène. Tout le monde s'écarte pour leur laisser un libre passage, et chacun admire le courage de ce vieillard infortuné.*)

SCÈNE XV.

LES MÊMES, LE VIEUX MECHTAL. (1)

LE VIEUX MECHTAL.

Mon enfant, conduis-moi... Guide mes pas.

MECHTAL fils.

Mon père!.,.... comme ils vous ont traité, les barbares!....

LE VIEUX MECHTAL.

Mon fils, depuis que je t'ai pressé sur mon cœur, je sens moins mes souffrances. L'air qu'on respire ici me ranime; j'éprouve un bien-être nouveau. Nos amis?...

MECHTAL fils.

Les voilà!

(*Tous se rapprochent du vieillard qui leur prend les mains.*)

---

(1) Hantz, Kuntz, Mechtal fils, le vieux Mechtal, Conrad, Tell.

LE VIEUX MECHTAL.

Oui... les voilà! plus près... que je vous sente autour de moi; que je vous prenne la main. (*Tell lui donne la sienne.*) Tell, c'est la tienne... Nos persécuteurs aussi la reconnaîtront!

CONRAD.

Oui, ils la reconnaîtront!

LE VIEUX MECHTAL.

Voilà Conrad... vous voilà tous, mes amis. Mon cœur vous devine... Je vous comprends... je vous vois... Nos bourreaux ne m'ont rien ôté. Je venais chercher encore une fois dans cette prairie et j'y retrouve les vieux temps, la vieille Suisse.

TELL.

Mes amis, admirez ce courageux vieillard; les souffrances n'ont pu affaiblir son âme énergique.

LE VIEUX MECHTAL.

Le bruit du dernier attentat de Gessler indigne tous les cœurs. Mon malheur m'a attiré partout l'offre d'une religieuse hospitalité. En passant devant chaque porte ils m'ont tendu comme vous leurs mains vigoureuses. J'ai trouvé partout la même haine contre Gessler. Dieu qui nous protège a soutenu ma force défaillante; il a retenu dans mon sein la vie qui m'abandonne; il ranime les derniers accens de ma voix prête à s'éteindre pour vous prédire la délivrance des trois cantons et pour bénir leurs nobles défenseurs!

(Il étend les mains autour de lui, tout le monde s'incline. Les efforts qu'il a faits ont épuisé ses forces et il tombe dans les bras de son fils.)

MECHTAL fils.

Mon père! il expire!!!

LE VIEUX MECHTAL, *d'une voix affaiblie.*

Point de larmes... j'échappe à la douleur... et ma tâche est remplie... je ne vous quitte pas... je vais là haut vous attendre... adieu... mon fils.

(Il meurt, on transporte son corps sur un banc de verdure ombragé par des sapins. Tout le monde donne des marques de douleur.)

MECHTAL fils.

Je ne prodiguerai point ma douleur en larmes inutiles... Non, mon père, je ne pleurerai point, je te vengerai!

TELL.

Oui, rendons au vénérable Mechtal le seul hommage qui soit digne de lui, jurons, sur les restes de ce bon père, de cet ami généreux, la délivrance de notre patrie!

TOUS.

Nous le jurons.

(Tous placés sur les tertres voisins étendent la main sur le corps inanimé du vieux Mechtal, le pont se garnit d'autres habitans et de leurs enfans qui participent également au serment des trois cantons réunis.)

TABLEAU SOLENNEL.

FIN DU PREMIER ACTE.

ACTE DEUXIEME.

TROISIÈME PARTIE.

Le Théâtre représente l'intérieur du châlet de Guillaume Tell. Au-dessus du foyer allumé, on remarque plusieurs couronnes vertes gagnées par Guillaume ; une porte au fond ; à droite, une autre porte conduisant à la chambre d'Edwige.

SCÈNE PREMIÈRE.

EDWIGE, WALTER, BERTHE, VILLAGEOISES, ENFANS DES DEUX SEXES.

(Tableau d'une veillée villageoise. Edwige et plusieurs de ses amies filent au fuseau. Celles-ci font de la dentelle, celles-là tricotent, plusieurs tressent de la paille pour en faire des chapeaux. Des enfans se chauffent devant la cheminée; quelques-uns mangent ou dorment sur les genoux de leurs mères. Berthe, assise devant une table, les yeux sur un gros livre, achève une vieille ballade dont elle chante le refrain répété par toutes les femmes de la veillée. Walter, qui paraît y prendre plaisir, l'écoute attentivement.)

BERTHE *chante.*

Mon Dieu! (bis) délivre-nous du méchant châtelain.

CHŒUR.

Mon Dieu! délivre-nous du méchant châtelain.

EDWIGE *inquiète*

Guillaume ne revient pas.

WALTER *à Berthe.*

Continue, bonne maman; cette ballade m'amuse beaucoup.

(On frappe à la porte; Edwige se lève et va ouvrir.)

SCÈNE II.

LES MÊMES, GESSLER *déguisé en vieux guide des montagnes.*

EDWIGE.

Que désirez-vous, bon vieillard?

GESSLER, *qui paraît vieux et cassé.*

L'hospitalité. Je meurs de fatigue et de froid.

EDWIGE.

Entrez, mettez-vous là, près du feu.

GESSLER.

Vous êtes bien bonne.

(Conduit par Edwige jusqu'auprès du foyer, il s'assied sur une chaise que lui présente une des villageoises. Tandis qu'Edwige entre un moment dans sa chambre pour lui chercher quelques provisions, Gessler dit à part :)

Guillaume Tell est, dit-on, l'un des chefs de la sédition, je viens m'en assurer et savoir ce qu'est devenue Gertrude. Ils ont su la dérober à mes recherches, mais...

EDWIGE *apportant une jatte de lait*

Voici de quoi réparer vos forces.

WALTER *accourant en lui présentant un gâteau.*

Tenez, bon vieillard.

(Il place le gâteau sur un tabouret de bois où Gessler pose également sa jatte après avoir bu.)

GESSLER.

Merci, aimable enfant.

EDWIGE.

Guillaume Tell n'est pas riche; il ne possède que son industrie et un courage à toute épreuve; mais sa cabane est constamment ouverte à ses frères; le malheureux peut s'y présenter à toute heure, certain d'y trouver des secours et un ami.

(Tout le monde s'est replacé; Edwige elle-même s'est remise à son ouvrage. Gessler est assis à l'extrême gauche, la tête tournée du côté du feu.)

BERTHE.

Au lieu d'élever des prisons pour y ensevelir ses victimes, Gessler ferait bien mieux de construire, dans chacun des trois cantons qu'il gouverne, un hospice pour les voyageurs.

EDWIGE.

Oui, ce serait le moyen de changer en bénédictions les vœux que l'on forme contre lui.

BERTHE.

Les vœux?... dis donc des malédictions, des cris de vengeance et de mort!...

GESSLER.

Vous n'aimez pas ce Gessler?

EDWIGE.

Hélas! c'est sa faute et non la nôtre. Avant son arrivée, souvent avec mes sœurs, assises et filant notre quenouille, nous passions les longues soirées d'hiver avec les principaux habitans qui se rassemblaient chez mon père. Là, ils lisaient les chartes des anciens Empereurs, et s'occupaient du bien de notre pays. Leurs sages discours, leurs vertueux soubaits sont encore présens à mon souvenir. Toute la contrée désirait un gouverneur dont la sagesse fît aimer le souverain. Quand Gessler parut, tous les cœurs lui furent ouverts; mais il a su les fermer par sa barbarie, par des actes de cruauté sans nombre. Il ne vient pas ici une barque de pêcheur sans que l'on ne nous apprenne quelque nouvelle injustice, quelque violence commise par lui ou ses soldats. Ce matin encore il a ensanglanté les noces de Mechtal par un double crime.

SCÈNE III.

Les Mêmes, LISBETH (1).

LISBETH, *entrant avec précipitation.*

Edwige, le pasteur de la vallée m'envoie vers vous pour vous avertir des nouveaux dangers qui menacent Gertrude.

(Tout le monde se lève et prête une oreille attentive.)

GESSLER, *à part.*

Gertrude!... écoutons.

EDWIGE.

Plus bas.

(*On s'éloigne de Gessler qui écoute.*)

LISBETH, *baissant la voix.*

Mechtal avait déposé sa jeune épouse dans la chapelle; mais l'infâme Gessler n'a pas craint de violer cet asyle. Ses soldats ont brisé les portes, et sans la sage prévoyance du pasteur, qui lui a ménagé une issue secrète, l'infortunée devenait la victime de ce méchant homme.

EDWIGE.

Où est-elle maintenant?

LISBETH, *plus bas.*

Sous une roche, au bord du lac; mais elle ne peut y demeurer long-temps. Le Pasteur croit qu'elle serait plus en sûreté dans votre châlet que partout ailleurs. Gessler n'imaginera jamais que Guillaume soit assez hardi pour lui donner asyle.

GESSLER, *à part.*

Je reste.

EDWIGE.

Je vais la chercher. Favorisée par la nuit et mêlée parmi nos compagnes, Gertrude ne sera point aperçue.

GESSLER, *à part.*

C'est elle qui prend soin de me l'amener.

EDWIGE.

Retourne vers le pasteur, et dis-lui que ses intentions seront fidèlement remplies; va.

---

(1) Gessler, Edwige, Lisbeth, Walter, Berthe.

(Aux villageoises qui ont tout rangé et tout disposé pour leur départ.)

Bonsoir, mes amies, à demain

(Plusieurs femmes sortent avec Lisbeth. D'autres portent dans la pièce voisine quelques ustensiles de travail.)

SCÈNE IV.

GESSLER, EDWIGE, WALTER, BERTHE, QUELQUES VILLAGEOISES.

EDWIGE, *à Berthe.*

Sans doute la pauvre Gertrude attend son époux avec impatience. Chaque instant de retard doit lui causer les plus vives alarmes; je vais...

(En se retournant elle aperçoit Gessler qu'elle avait oublié; elle va remplir un panier de provisions qu'elle lui offre.)

Étranger, peut-être avez-vous encore un long voyage à faire; prenez, ceci soutiendra vos forces.

GESSLER, *acceptant.*

Je me sens bien faible encore. Si vous me le permettiez, quelques minutes de plus me mettraient en état de poursuivre ma route.

EDWIGE.

J'y consens. Ma mère, je vous recommande notre hôte. Venez, mes amies.

WALTER.

Tu sors, maman?... Je voudrais aller avec toi.

EDWIGE.

Non, mon ami; reste avec ta bonne maman, tiens compagnie à ce bon vieillard : tu peux lui être utile.

WALTER.

Je le veux bien, maman. Embrasse-moi.

EDWIGE, *à Berthe.*

A moins d'obstacles imprévus, nous serons de retour dans un quart-d'heure.

(Edwige embrasse son fils, salue Gessler et sort suivie de ses compagnes.)

SCÈNE V.

GESSLER, WALTER, BERTHE.

GESSLER, *à Berthe qui referme la porte.*

Dites-moi, bonne dame, avant de partir, me sera-t-il permis de saluer le brave Guillaume?

BERTHE.

J'en doute.

WALTER.

Il n'est pas à la maison.

GESSLER.

Où donc est-il?...

WALTER.

Je ne sais pas.

GESSLER.

Est-ce qu'il ne doit pas revenir bientôt?

BERTHE.

Il est probable qu'il sera quelque temps absent.

GESSLER.

Tant pis; c'est un homme de bien, aussi distingué par son courage que par son adresse.

BERTHE.

C'est vrai cela.

WALTER.

Tout le monde le dit.

GESSLER.

J'aurais été bien aise de le voir et de le remercier de l'accueil obligeant que j'ai reçu chez lui.

BERTHE, *en confidence et avec un air important*

Les intérêts de la Suisse l'occupent tout entier en ce moment, voyez-vous.

GESSLER.

Ah!... (*à part.*) On ne m'avait pas trompé.

BERTHE, *de même.*

En se réunissant, les faibles deviennent forts.

GESSLER.

Sans doute.

BERTHE.

Quand l'opprimé ne peut obtenir justice, alors il demande au ciel du courage, et il a recours à la force.

WALTER.

Tiens, c'est justement comme il y a dans mon livre.

GESSLER, *à part.*

Fort bien. C'est dans ces principes pernicieux qu'ils élèvent la jeunesse.

WALTER, *qui est allé prendre son petit manuscrit, le présente à Berthe.*

En attendant le retour de maman, veux-tu me faire répéter ma leçon?

BERTHE.

Plus tard, mon enfant, quand l'étranger sera parti.

WALTER.

Au contraire, ça lui fera plaisir.

GESSLER.

Certainement. Mon petit ami, donnez-moi votre livre; si votre ayeule le permet, je vous rendrai ce léger service.

WALTER, *courant à lui.*

Volontiers.

BERTHE.

Walter, n'abuse pas de la complaisance de notre hôte.

GESSLER, *prenant le livre.*

J'aime beaucoup les enfans.

WALTER, *montrant un endroit du manuscrit à Gessler.*

Voilà la leçon que papa m'a donnée. Y êtes-vous?.... (*montrant encore.*) C'est là... en haut de la page. (*après un silence.*) Vous ne savez pas lire, peut-être?...

GESSLER, *sourlant.*

Pardon, un peu. J'y suis.

WALTER *répétant haut et du même ton.*

« On doit se soumettre à la volonté du ciel; mais un noble » cœur ne doit pas supporter l'injustice. »

BERTHE.

Non, certes; ce serait une lâcheté.

WALTER, *de même.*

« Au plus faible l'éternel a donné un aiguillon pour se » défendre. »

BERTHE.

C'est tout simple.

GESSLER, *à part.*

Quelles maximes! .. (*Haut.*) Très-bien, mon ami. Est-ce là tout ce que votre père vous apprend?...

WALTER.

Oh! non. Tournez le feuillet, vous verrez de plus belles choses encore.

GESSLER, *à part.*

Ainsi, dès l'enfance, on sème dans leur âme le germe de la révolte.

WALTER.

Ecoutez ceci : « Malheur à ceux... »

GESSLER, *l'interrompant et fermant le manuscrit qu'il lui rend.*

Je vois que vous êtes fort savant, mon petit ami; beaucoup plus qu'on ne l'est ordinairement à votre âge. Vos parens méritent une récompense... (*à part.*) et je me charge de la leur donner.

SCÈNE VI.

GESSLER, EDWIGE, GERTRUDE, BERTHE, WALTER, VILLAGEOISES.

(Quelques villageoises entrent précipitamment et annoncent à Berthe le retour de Gertrude. En effet, cette dernière paraît bientôt accompagnée d'Edwige.)

EDWIGE.

Le ciel soit loué! nous n'avons été vues de personne, et tu es en sûreté maintenant.

GESSLER *à part.*

C'est-à-dire en mon pouvoir.

(Il se lève et se dispose à sortir.)

EDWIGE, *à Gessler.*

Quoi, vous partez?

GESSLER.

Il le faut.

EDWIGE.

Demeurez encore quelques instans, vous jouirez du bonheur d'une jeune épouse qui vient d'échapper à la poursuite de ce méchant Gessler.

GERTRUDE.

Echapper, dites-vous?... Hélas! je n'ose m'en flatter. Ce scélérat est capable de tout; s'il découvre mon asyle, je suis perdue.

EDWIGE.

Rassure-toi, c'est lui qui est perdu.

GERTRUDE.

Que voulez-vous dire?...

EDWIGE.

Un grand mouvement est près d'éclater.

TOUTES.

Se peut-il?...

EDWIGE.

J'en suis sûre.

GERTRUDE.

Qui vous l'a dit?

EDWIGE.

Un témoin. Les principaux habitans d'Uri, d'Underwald et de Schwitz se sont rassemblés à Rutli, et là, ils ont juré de délivrer le pays de ce maudit gouverneur.

GESSLER *à part.*

Sans doute Tell, Mechtal et Conrad sont à leur tête; je cours prévenir leurs desseins et mander Guillaume à Altorf.

WALTER, *à Gessler, qu'il voit disposé à sortir et qu'il prend par la main.*

Reste, bon vieillard, tu iras avec eux tuer ce méchant.

GESSLER.

Un devoir sacré m'appelle ailleurs. Adieu. Rien de ce qui s'est passé ici ne s'effacera de mon souvenir.

TOUS.

Adieu, bon étranger.

(Il sort. On le reconduit jusqu'à la porte. On le salue. Il part.)

SCÈNE VII.

GERTRUDE, EDWIGE, BERTHE, WALTER, VILLAGEOISES.

GERTRUDE.

Achevez, Edwige, et dites-nous ce que vous savez.

EDWIGE.

La nouvelle du dernier attentat commis par le gouverneur s'est répandue avec la rapidité de l'éclair. Conrad, Mechtal, Tell et tous leurs amis ont parcouru les vallées voisines; partout ils ont trouvé les habitans, naguère si paisibles, révoltés de tant d'infamie et prêts à secouer le joug honteux qu'on leur impose au nom du bon, du noble Albert, dont la confiance est trompée. Partout on leur a serré la main, on leur a promis assistance. Partout on détache de la muraille les vieux glaives couverts de rouille. Le courage brille dans tous les yeux; on ne respire plus que combat et vengeance. A la lueur des étoiles, à la face du ciel, une alliance formidable a été conclue entre les délégués des trois cantons. En vertu de cette alliance, qui rappelle l'union solennelle jurée jadis par nos pères, la noblesse elle-même va descendre de ses antiques châteaux pour se joindre aux paysans. On va demander à l'Empereur un autre délégué, un gouvernement paternel; enfin, une nouvelle existence va s'ouvrir sur les ruines de notre belle patrie.

WALTER, *courant au fond.*

Voici papa.

SCÈNE VIII.

LES MÊMES, TELL (1).

(Tout le monde court au-devant de Guillaume qui s'assied sur une chaise qu'on lui présente.)

EDWIGE.

Pourquoi si tard, mon ami?

TELL.

Tu le sauras, chère Edwige.

GERTRUDE.

Et Mechtal, où est-il?

TELL.

Tout entier à des affaires urgentes qui le tiendront éloigné jusqu'à demain; il m'a chargé de veiller sur sa bien-aimée, de lui donner un asile, et je vois avec satisfaction que mon Edwige a prévenu ce désir. Moi-même, je ne puis m'arrêter long-temps.

EDWIGE.

Pourquoi?...

TELL.

Un soldat de Gessler m'attendait à la porte de notre chalet, il m'a remis l'ordre de me rendre à Altorf sans aucun délai.

EDWIGE.

Tu n'iras pas, mon ami.

---

(1) Gertrude, Walter, Tell, Edwige, Berthe.

TELL.

Je ne saurais m'en dispenser : Gessler est gouverneur des trois cantons, il représente l'Empereur, et je ne puis désobéir à mon souverain sans me rendre coupable.

EDWIGE.

Tu me fais trembler.

TELL, *toujours assis.*

D'où vient ?....... Celui dont le cœur est pur et qui met toute sa confiance en Dieu, n'a rien à redouter des hommes.

EDWIGE.

Il se trame, je le sais, quelque chose contre Gessler et tu es de cette ligue.

TELL.

Certes, si la patrie m'appelle, je ne serai point sourd à sa voix.

EDWIGE.

Ton courage est connu, apprécié; ils te placeront au poste le plus périlleux.

TELL.

C'est un honneur que je m'efforcerai de justifier.

EDWIGE.

Oublies-tu donc que tu as une femme, un enfant ?....

TELL, *se levant.*

Comment pourrais-je oublier tout ce qui fait mon bonheur?....

(Il presse contre son cœur sa femme et son fils.)

EDWIGE.

Je ne sais quel secret pressentiment me glace, m'épouvante..... Cher Guillaume, ne vas point à Altorf; évite la présence de Gessler.

TELL.

Par quelle raison? Je vis en honnête homme et ne crains aucun ennemi.

GERTRUDE.

Justement, ce sont les honnêtes gens qu'il déteste le plus, parce qu'il ne peut les égaler.

TELL.

Je suis certain qu'il ne songe pas à moi et qu'il me laissera en paix.

GERTRUDE.

Pourquoi vous flatter d'une telle exception ?

TELL.

Je vais vous le dire. Je chassais, il y a quelque temps, dans la vallée sauvage du Schachen, et je suivais un sentier escarpé taillé dans le roc. Il fallait marcher d'un pas assuré et sans se détourner. Au-dessus de moi était suspendu un énorme mur de rochers; au-dessous, à une profondeur immense, mugissait le torrent.

(Ici Walter effrayé embrasse le genou de son père et se presse contre lui.)

Gessler s'avançait aussi par le même sentier. Il était seul comme moi; nous nous trouvions là homme à homme et sur le bord de l'abîme. En me voyant armé et marchant à sa rencontre, il pâlit, ses genoux fléchirent; je le vis s'appuyer sur le rocher. Alors, j'eus pitié de lui : j'avançai d'un air soumis, et lui présentant la main, je lui dis : « Seigneur « Gessler, je suis Guillaume Tell; si mon secours peut vous « être utile, je vous l'offre; daignez l'accepter. » Il ne put proférer un seul mot. En s'appuyant sur moi, je sentis sa main trembler. Il me remercia du geste seulement, je lui fis un profond salut, et je continuai mon chemin.

EDWIGE.

Il a tremblé devant toi, il ne te le pardonnera jamais. Ne vas pas à Altorf, je t'en prie.

BERTHE.

Mais, ma fille, comment veux-tu que ton mari provoque, par sa désobéissance, le ressentiment d'un maître que vous redoutez à si juste titre? une noble déférence me semble préférable; elle prouve que l'on est sans reproche, et cette attitude sied toujours à un homme.

EDWIGE.

Du moins prends ton arc pour te défendre en cas de besoin.

WALTER, *courant chercher l'arc qu'il apporte à son père.*

Maman a raison; tiens, papa.

EDWIGE.

Emmène ton fils avec toi.

TELL.

A quoi bon?

EDWIGE.

En le voyant, tu songeras à moi. Je voudrais t'entourer de tous les objets qui te sont chers; c'est un moyen de te rappeler à la prudence, à la modération.

TELL.

Ce voyage le fatiguera.

WALTER.

Non, papa, emmène-moi.

BERTHE.

Ma fille a raison; en voyant ton fils, tu craindras de te compromettre.

WALTER.

Emmène-moi.

TELL.

Vous le voulez tous? j'y consens.

EDWIGE.

Hâte ton retour.

TELL.

Tu ne peux en douter, et mon cœur t'en répond. Adieu, veille sur ma mère et prends soin de Gertrude. Sois attentive à prévenir ses désirs, à soulager ses douleurs ; acquitte à tous les instans ce que nous devons au malheur et à l'amitié.

GERTRUDE.

Songez, Guillaume, que j'attends avec une égale impatience Mechtal et mon frère.

TELL.

Je ne l'oublierai pas. Adieu.

(Il embrasse sa femme, Gertrude et sa mère. Il prend son fils dans ses bras, et s'éloigne en emportant les vœux de toute sa famille qui le conduit jusqu'au fond.)

QUATRIÈME PARTIE.

CHANGEMENT A VUE. — Le théâtre représente la place publique d'Altorf. A droite le palais de Gessler. Au fond, un poteau sur lequel est placé le bonnet. Un peu plus loin une colonne gothique servant de fontaine.

SCÈNE IX.

ARNOLD, RODOLPHE.

(Armés de lances, ils se promènent de chaque côté du poteau, en sens contraire. Des femmes, des enfans, des villageois passent sur la place et saluent le bonnet du gouverneur. Un paysan qui entre par la gauche s'approche du poteau ; Rodolphe lui ordonne de se découvrir ; le paysan s'y refuse et retourne sur ses pas. Rodolphe alors fait signe à Arnold de l'arrêter; celui-ci, qui partage les sentimens du peuple, lève les épaules et laisse passer le paysan.)

ARNOLD.

Depuis qu'on a mis là cet épouvantail, les honnêtes gens aiment mieux faire un long détour, que de venir se prosterner devant ce bonnet.

RODOLPHE.

Il faudra bien qu'ils y viennent.

ARNOLD.

Franchement, cela me semble une fantaisie extravagante et ridicule.

RODOLPHE.

Pourquoi donc ne pas saluer un chapeau ? ne t'est-il pas arrivé souvent de saluer une tête sans cervelle ?...

ARNOLD.

Je ne dis pas non.

RODOLPHE.

Il ne nous appartient pas de critiquer les volontés de

5

Monseigneur. Il nous paie pour obéir, et non pour raisonner.

ARNOLD.

L'un n'empêche pas l'autre. Je ne craindrais pas de lui dire à lui-même qu'il est peu honorable pour des hommes d'armes d'être mis en faction devant un bonnet.

RODOLPHE.

Tu pourrais bien te repentir de ta franchise.

ARNOLD.

Salue qui voudra ; je ferme les yeux et je tourne le dos.

RODOLPHE.

Moi, j'exécute ma consigne. Tais-toi, voilà Monseigneur.

SCÈNE X.

LES MÊMES, GESSLER.

(Gessler entre sombre et rêveur ; il s'arrête à gauche avant de rentrer dans son palais, et regarde ce qui se passe au fond. En ce moment, un villageois traverse la place et salue le bonnet.)

GESSLER.

Combien elle doit être terrible la haine que me porte ce peuple, puisque les enfans ne peuvent la cacher au voyageur inconnu que le hasard leur fait rencontrer!... Que disent donc les pères, les vieillards?... Que n'ai-je point à redouter de ce peuple de séditieux dont les générations se multiplient et s'élèvent avec l'espoir et le désir de renverser ma puissance!... Ah! je saurai prévenir leurs coups; je comprimerai par la terreur ceux qui échapperont à ma redoutable justice. J'inventerai de nouveaux moyens de reconnaître mes ennemis; tous le sont, je n'en doute pas; mais tous n'oseront se montrer, et les plus hardis du moins tomberont les premiers sous mon glaive.

(Ici, un autre paysan traverse la place de droite à gauche ; il arrive au poteau et paraît ne pas songer à saluer. Rodolphe lui rappelle l'ordre par un geste impératif. Le paysan ôte son chapeau et poursuit son chemin. Gessler, qui a remarqué ce mouvement, continue en s'adressant aux soldats.)

C'est bien, soldats! que la moindre résistance, que le plus léger murmure soit sur-le-champ puni par les fers. Cherchez à lire dans les yeux, sur les traits de ces vils esclaves leurs secrets sentimens de haine..., de courage même ; (*à lui-même*) car le courage est un crime dans ceux qui sont nés pour obéir.

(Il rentre dans son palais.)

SCÈNE XI.

WALTER, TELL, ARNOLD, RODOLPHE.

(Guillaume Tell tenant Walter par la main, entre par la gauche et se dirige vers le palais du gouverneur.)

WALTER.

Vois donc, papa, ce bonnet attaché à un mât.

TELL.

Que nous fait cela?...

ARNOLD, *qui se trouve près de Tell.*

Sauvons ce brave homme.

(Il se retourne vivement.)

TELL.

Viens, suis-moi.

(*Il passe outre; mais Rodolphe, qui revient sur l'avant-scène, l'arrête.*)

RODOLPHE.

Au nom de l'Empereur, arrête!...

TELL.

Que me voulez-vous?...

RODOLPHE.

Ne sais-tu pas qu'il est ordonné à tout le monde de saluer avec respect ce signe de la puissance de Gessler?

(*A partir de ce moment, la place se garnit peu à peu de villageois et villageoises, qui s'attroupent au fond, de manière à former une masse considérable à l'arrivée du gouverneur.*)

TELL.

Je n'aurais jamais pensé que l'ivresse du pouvoir pût aveugler à ce point. Au surplus, j'excuse Gessler; il doit nous traiter en esclaves; il ne peut trop mépriser des hommes assez lâches pour se soumettre à des caprices aussi humilians.

ARNOLD, *se penchant à l'oreille de Tell.*

Cédez à la nécessité.

TELL, *avec dignité et d'une voix forte.*

Je ne me prosterne que devant Dieu!

RODOLPHE.

Misérable! tu vas expier tant de témérité. A moi, soldats!

(Des hommes d'armes accourent par la droite et désarment Tell. Une haie de soldats oppose une barrière au peuple qui vient en foule de tous les côtés.)

SCÈNE XII.

WALTER, TELL, RODOLPHE, GESSLER, ARNOLD, SOLDATS, PEUPLE.

GESSLER, *sur les marches de son palais et suivi de nouveaux soldats.*

D'où naît ce bruit?...

RODOLPHE.

Cet homme a refusé d'obéir à la consigne.

GESSLER *s'avançant, à Tell.*

Est-il vrai?

TELL.

Oui.

(*La foule grossit encore. On voit des enfans et des paysans grimper sur la colonne et sur les toits des châlets. D'autres se groupent aux fenêtres, et chacun attend avec une curiosité mêlée d'intérêt le résultat de la querelle.*)

GESSLER.

Qui a pu te porter à méconnaître mes ordres ?

TELL.

Tes ordres ?... Ce sont eux qui m'appellent ici. J'y venais savoir quel motif te fait désirer ma présence. Si j'avais pu arriver à ton palais sans traverser cette place, je l'aurais fait.

GESSLER.

Pourquoi refuser au signe de mon pouvoir l'hommage que tu me dois ? Réponds.

TELL.

Ne me demande pas ma pensée.

GESSLER.

Pour quelle raison ?...

TELL.

Tu n'as jamais entendu la vérité : tu ne pourrais la soutenir.

GESSLER *avec ironie.*

Je veux l'entendre de ta bouche ; je te permets de m'instruire de mes devoirs.

TELL.

Je ne puis que te rappeler tes crimes et te prédire ton sort.

GESSLER.

Parle, je te l'ordonne.

TELL.

Devant ces nombreux témoins ?...

GESSLER.

Obéis !

TELL.

Tu veux que je parle ?... Eh ! quoi, n'entends-tu pas les cris des innocens que tu retiens dans les cachots ?... Des enfans et des veuves qui te redemandent leurs époux, leurs pères expirans par tes ordres au milieu des tourmens ?... Ne vois-tu pas leurs ombres sanglantes errer autour de ta demeure, te poursuivre dans ton sommeil et te montrer leurs membres déchirés et palpitans ?... Le peu qui reste de vivans abandonnent leurs héritages et le toit de leurs pères, s'enfuient et vont se cacher dans le fond des forêts. Là, sais-tu ce que fait ce peuple tremblant, à qui ton nom seul inspire plus d'effroi que le bruit des avalanches qui tombent du haut des monts et engloutissent nos villages ?... A genoux sur la cîme des rochers, il élève ses mains vers le ciel, il lui demande vengeance. Eh bien, Gessler, ces prières de tout un peuple, ces cris de tant d'innocens dépouillés, immolés par tes ordres, ce sang répandu par tes mains est monté jusqu'au trône de l'éternel; sa justice va te frapper, ma patrie touche à sa délivrance; tels sont nos vœux et notre espoir. Tu voulais les connaître; sois satisfait : j'ai tout dit. Maintenant tu peux ordonner mon supplice.

GESSLER, *après une pause.*

Comment te nommes-tu?...

TELL.

Guillaume Tell. Mais à quoi bon te le dire? Ne le sais-tu pas? As-tu donc oublié notre rencontre au défilé du Schachen?

GESSLER.

C'est toi dont l'adresse est si renommée dans l'art de conduire une barque et dont les flèches toujours sûres n'ont jamais manqué de toucher au but?

TELL.

Moi-même; et je rougis que mon nom ne te soit connu que par des succès inutiles à ma patrie.

GESSLER.

Et bien, Guillaume, je veux, en te punissant, rendre hommage à ton rare talent; je veux, qu'en contemplant ma justice, le peuple d'Altorf admire ton adresse. On va te rendre ton arc, et tu abattras une pomme placée sur la tête de ton *fils*.

(Murmure parmi le peuple.)

TELL.

Barbare!.... quel démon sorti de l'enfer a pu t'inspirer cette affreuse pensée?...

GESSLER.

Si tu réussis, je vous fais grâce à tous deux; si tu refuses, cet enfant va périr à tes yeux.

TELL.

Non, je n'accepte point cette horrible épreuve; fais-moi donner la mort; tes bourreaux sont là; tous ceux qui t'entourent ont mille fois trempé leurs mains dans le sang..... Fais-moi donner la mort, mais que je meure innocent.

GESSLER.

Tu apprendras par là que ce n'est pas impunément que l'on porte des armes; il est dangereux de marcher avec des instrumens de mort : (*s'adressant plus particulièrement au peuple*) ce droit que les paysans s'arrogent insolemment, offense le seigneur suzerain de ces contrées. Nul ne doit avoir d'armes, que celui qui commande.

TELL.

Ecoute, Gessler, rien n'a pu me contraindre à m'humilier devant toi : tes gardes, tes menaces, l'appareil du supplice n'auraient pu me décider à fléchir le genou devant ton image; mais pour échapper à l'affreux danger de percer moi-même le cœur de mon fils, tout me devient possible : promets-moi le trépas et je m'abaisse devant ton orgueil.

GESSLER.

Ce n'est pas ta mort que je veux; j'exige que tu lances la flèche. Tu trembles? toi que rien n'épouvante..... Je le sais, il n'est pas de tempête qui t'effraie quand tu as quelqu'un à sauver.

TELL.

Prends pitié de ma douleur!..

GESSLER.

Célèbre archer, tu te vantais de la sûreté de ton coup-d'œil ; on n'a jamais offert un pareil prix à ton adresse. Qu'on attache cet enfant.

(Nouveaux murmures parmi le peuple.)

WALTER, *se reculant à l'approche des soldats.*

Non, je ne veux pas qu'on m'attache; je resterai bien tranquille.

(Les soldats s'éloignent.)

TELL.

Gessler, laisse-toi toucher par les larmes d'un père.

GESSLER.

J'ai dit.

TELL.

La mort.

GESSLER.

Obéis.

(Tell se retourne vers son fils qu'il serre étroitement contre son cœur, et qu'il porte au pied d'un arbre vers la gauche. On lui apporte un bandeau.)

LE PEUPLE.

Grâce!...

GESSLER.

Paix!...

TELL.

Cher enfant!... laisse-moi placer ce bandeau sur tes yeux.

WALTER.

Pourquoi ?...

TELL.

Pour me dérober tes traits. En te voyant, ma main serait moins sûre. Reste immobile, et prie Dieu de protéger ton malheureux père.

WALTER.

N'aie pas peur, papa ; tu atteins au vol les plus petits oiseaux, tu sauras bien ne pas tuer ton enfant.

LE PEUPLE.

Pauvre petit!... (*Toutes les femmes pleurent.*)

TELL, *plaçant le bandeau.*

Demeure ainsi, Walter; te voilà comme je te veux. Détourne la tête, ne me regarde pas. Tu ne peux prévoir l'effet que produirait sur moi le fer brillant dirigé contre ton front.

WALTER.

Ne crains rien.

TELL.

Ne me parle pas non plus : ta voix m'ôterait le courage. Tais-toi.

WALTER.

Oui, papa.

TELL.

Prie Dieu.

WALTER, *joignant les mains.*

Oui, papa.

TELL.

Ne remue pas.

WALTER, *immobile.*

Non, papa.

(Tell embrasse son fils à plusieurs reprises, et se retournant vers Gessler, il cherche à l'attendrir, mais en vain. Un homme d'armes vide par terre le carquois de Guillaume. Celui-ci, en feignant de choisir, prend une flèche qu'il cache précipitamment dans son sein. Ce mouvement est aperçu de Gessler. Pendant ce temps, un soldat, qui est entré dans un châlet voisin, en sort avec une pomme qu'il pose sur la tête de Walter. Tell prend une autre flèche ainsi que l'arc qu'un soldat lui apporte. Nouvelles supplications du malheureux père, nouveaux refus de Gessler qui montre d'un geste à Guillaume la place où il doit se mettre, c'est-à-dire à l'extrême droite, près des marches du palais. Tell apprête son arc, y ajuste la flèche, lève deux fois l'instrument de mort, et deux fois le laisse retomber. Enfin, rappelant toute son adresse, toute sa force, tout son courage, il adresse un dernier regard au ciel, vise, tire et abat la pomme. Tous les spectateurs laissent échapper un cri de joie. Tell jette son arc et s'élance à bras ouvert sur son fils qu'il apporte au-devant de la scène en le serrant étroitement. Mais un si grand effort l'a anéanti..... Il est près de s'évanouir. Ranimé cependant par les caresses de Walter, il se relève, égaré, l'œil hagard, le désespoir dans tous les traits, court à l'endroit où il avait placé son enfant. Il semble le chercher, l'idée de la mort qu'il pouvait lui donner involontairement, se représente à son esprit; il porte ses regards avides de tous côtés; mais bientôt revenant à lui, il aperçoit Walter, qui l'appelle du geste, court à lui, et le couvre de baisers en s'écriant) :

TELL.

Cher enfant!...

GESSLER. (1)

Archer sans pareil, je tiendrai ma promesse : tu es libre

(1) Gessler, Tell, Walter.

ainsi que ton fils ; ce n'est pas trop payer ta rare habileté.

(Ici les hommes d'armes qui formaient une barrière devant le peuple au moyen de leurs lances, les relèvent et laissent avancer la foule, qui fait quelques pas de plus.)

Mais, dis-moi, tu as caché une seconde flèche dans ton sein... (*Mouvement de Tell.*) Je l'ai vue.

TELL.

C'est l'usage ordinaire.

GESSLER.

Qu'en voulais-tu faire ? une seule te suffisait. Réponds, dis-moi la vérité ; quelle qu'elle soit, je te promets la vie. Pourquoi gardais-tu cette flèche ?

TELL, *avec force.*

Pour te percer le cœur, si j'avais blessé mon fils, et ce but là, je ne l'aurais pas manqué.

GESSLER.

Bien, Tell ; j'estime ta franchise. Je t'ai promis la vie, ma parole est sacrée ; mais la prudence exige que je me mette désormais à l'abri de tes flèches. Qu'on l'enchaîne !...

(Murmures prolongés de la part du peuple.)

Qu'est-ce ?... Quelle voix oserait s'élever en sa faveur, et blâmer l'usage que je fais de mon autorité ?... Que celui qui est sage apprenne à se taire et à obéir.

TELL.

Fais de moi tout ce qu'il te plaira ; tu as étendu le voile du malheur sur nos trois cantons, et je n'aspire plus qu'à être délivré d'une existence que tu as su me rendre odieuse. « Reste dans ta chaumière tant que tu y seras libre et tran- « quille, m'a dit mon père avant de partir pour le séjour « céleste ; mais si quelqu'oppresseur ose porter atteinte à « notre antique indépendance, n'hésite pas : meurs pour « ton pays ; je t'attendrai là haut, pour te présenter la « palme du martyre. » Marchons !..

EDWIGE, *au-dehors.*

Guillaume !... Guillaume !.. Mon fils !...

TELL.

Edwige !... Mon épouse !...

GESSLER, *à ses gardes.*

Qu'on l'entraîne !

(Des hommes d'armes se précipitent en masse sur Guillaume, et le traînent dans le palais de Gessler, qui les suit. Aux cris d'Edwige, Walter s'est élancé au-devant d'elle, il disparaît un moment ; mais on le revoit bientôt dans les bras de sa mère.)

SCÈNE XIII.

LISBETH, EDWIGE, WALTER, HANTZ, VILLAGEOIS, HABITANS.

EDWIGE.

Cher enfant !... le ciel t'a conservé. Barbare Tell !... il

a pu placer lui-même sur la tête de cette innocente créature... Oh! s'il avait eu le cœur d'une mère, il serait mort mille fois plutôt que d'obéir à cet ordre inhumain.

HANTZ.

Si vous aviez vu son désespoir, ses angoisses!... Gessler le menaçait de frapper son fils à ses yeux.

EDWIGE *serrant étroitement son fils.*

Cher enfant!... cette affreuse image est sans cesse devant moi, je vois la flèche qui menace une tête si chère... elle déchire mon cœur!... Père insensible!... tu avais donc oublié que le trait qui allait frapper ton fils, perçait en même-temps le sein de sa mère?

LISBETH.

Ne l'accablez pas de vos injustes reproches; plaignez plutôt ses souffrances. Le malheureux!... il nous arrachait à tous des pleurs!...

EDWIGE.

Des pleurs?... N'avez-vous donc que des larmes, des regrets inutiles ou de tristes vœux à offrir à vos amis quand ils sont dans le malheur? Pourquoi avez-vous permis qu'on le chargeât de fers en votre présence?... Qu'avez-vous fait pour le secourir? Spectateurs tranquilles, vous avez laissé s'accomplir un double forfait; vous avez souffert patiemment qu'on vous enlevât votre ami!... Est-ce ainsi que Tell s'est conduit à votre égard?... S'est-il contenté d'une vaine pitié? Est-ce par des larmes ou des vœux stériles qu'il vous a prouvé son dévouement! Lorsque Mechtal, poursuivi par les bourreaux de Gessler, n'avait plus pour refuge que le lac en furie; oubliant sa femme, son enfant, il a tout bravé; il s'est élancé dans la barque, il a sauvé son ami!...

HANTZ.

Que pouvions-nous, hélas! pour défendre Guillaume? Nous étions seuls et sans armes.

EDWIGE.

Le voilà donc perdu pour sa famille et pour son pays!... Mais, non! suivez-moi. Je n'écoute plus que mon désespoir: nous le sauverons!...

(Allant jusqu'au palais et montant plusieurs degrés, elle dit avec la plus courageuse énergie.)

Gessler, je te brave; je brave ta puissance et tes soldats!... Nous sommes plus forts que toi; notre victoire n'est pas douteuse. Les plus nobles sentimens nous animent: nous marchons au nom de la patrie, de l'humanité; nous ne voulons que venger tes victimes. Dieu nous entend, nous protége... Gessler, tu succomberas!...

(Elle prend son enfant dans ses bras et sort précipitamment vers la droite, aux acclamations du peuple, qui la suit, après avoir renversé le poteau, et foulé aux pieds le bonnet du gouverneur.)

FIN DU SECOND ACTE.

ACTE TROISIEME.

CINQUIÈME PARTIE.

Le théâtre représente une cour fermée dans le château d'Altorf. Elle occupe trois plans; au fond un bâtiment carré garni de croisées grillées, portes en fer, etc. Ce bâtiment n'occupe que les deux tiers de la largeur du théâtre; le troisième tiers à gauche, offre un mur d'appui garni d'une grille surmontée d'artichauds et d'éperons en fer. Au-dela, une rue d'Altorf; du même côté, au 2e plan, une tour isolée à laquelle on arrive par une espèce de rampe garnie de deux balustrades formées par des chaînes suspendues à des poteaux également hérissés d'artichauds. L'entrée de la cour est à droite, dans le retour d'équerre du bâtiment principal qui occupe le fond. L'aspect de cette décoration doit être lugubre et effrayant.

SCÈNE PREMIÈRE.

GESSLER, TELL, SOLDATS, PEUPLE, *au dehors, derrière la grille.*

Au lever du rideau, on voit un ouvrier sur un échafaud volant placé à l'angle du grand bâtiment de face; il est occupé à sceller la grille qui manquait encore à la dernière croisée du second étage. Quand son ouvrage est fini, il se retire et laisse la planche en place. Tell est sur le seuil de la prison, les fers aux mains et gardé à vue par des soldats. Le peuple fait groupe en dehors et regarde à travers la grille ce qui se passe dans la cour.

TELL.

Oui, Gessler, celui qui a pris pour but la tête de son enfant peut bien aussi percer le sein de son ennemi. J'ai juré par un serment terrible entendu de Dieu seul, que ton cœur serait le premier but où j'enverrais une flèche; ce que j'ai juré dans ce moment d'horribles souffrances est un devoir sacré et je le remplirai. Tu n'empêcheras pas que ce vœu s'accomplisse.

GESSLER.

J'aime ta franchise, elle met à jour toute ta pensée.

GERTRUDE, *en dehors à droite.*

Où me conduisez-vous?

UN SOLDAT, *en dehors.*

Devant Gessler.

TELL.

C'est la voix de Gertrude.

Il fait un effort pour échapper aux gardes qui le retiennent.

GESSLER.

La voilà donc enfin! (*aux soldats en montrant Tell.*) Qu'on me délivre de la présence de cet homme.

TELL.

Tu n'échapperas pas à celui qui punit et qui venge ; il est plus fort que toi

GESSLER

Va donc le prier de t'arracher de mes mains, car je ne pense pas que cela soit au pouvoir des hommes. Ce glaive m'aurait déjà fait raison de ta fougue insolente, si je n'avais encore besoin de ta vie, mais quand tous les chefs seront sous mes verroux....

TELL.

La Suisse en trouvera d'autres qui n'auront comme moi qu'un seul sentiment pour guide : la haine de Gessler, et le désir d'en délivrer nos cantons.

GESSLER.

Allez !. qu'il tombe écrasé sous le poids des chaines.

On entraîne Guillaume dans la prison.

SCÈNE II.

GESSLER, GERTRUDE, Un Soldat

GERTRUDE, *poussée dans la cour*

Pourquoi ce nouvel outrage, que veut-on de moi ?

GESSLER.

Je vais vous le dire.

GERTRUDE.

Qu'ai-je fait pour être encore arrachée des bras de ma famille ?

GESSLER

Elle est en révolte ouverte contre moi.

GERTRUDE.

Enlevée à mon époux !

GESSLER.

Il a bravé mes ordres.

GERTRUDE.

Devait-il donc m'abandonner ?

GESSLER.

Il a frappé de mort l'homme investi de mon autorité.

GERTRUDE.

Cet homme en abusait pour ravir une femme à son époux. Vouliez-vous donc que Mechtal me livrât sans défense à vos criminels desseins ?...

GESSLER.

Quel fruit recueille-t-il de sa témérité ? vous n'êtes pas moins en mon pouvoir.

GERTRUDE.

Il brisera mes fers.

GESSLER

Il sera trop heureux si je lui permets de les partager. Gertrude, vous m'avez mal jugé. En vous appelant près de moi, je ne voulais que vous faire part des distinctions honorables que j'avais intention de répandre sur une famille justement estimée; je voulais vous enlever à des travaux grossiers.

GERTRUDE.

N'espérez pas m'éblouir par le pompeux étalage de vos bienfaits, auxquels ma famille et moi n'avons aucun titre. Vous vouliez mon déshonneur, et vous avez pu me croire assez lâche pour accepter la honte de mon époux, la mienne, l'avilissement de ma famille,... Ah! Seigneur, vous connaissez mal l'esprit de ces contrées sauvages; une conscience pure, une vie sans reproche y sont regardées comme le premier des biens, et l'opprobre, couvert de tout l'or du monde, n'y excite que le mépris. Revenez à vous, Seigneur; pourquoi vous livrer à des cruautés inutiles, soyez humain, soyez clément, car un jour vous aurez besoin d'humanité, de clémence. Épargnez vos victimes, si vous ne voulez plus tard......

GESSLER.

Et vous, craignez d'en augmenter le nombre, si vous persistez dans cet éloignement à mes volontés. Écoutez, Gertrude: vous me disiez tout-à-l'heure que vous comptiez sur le bras de Mechtal pour vous délivrer et votre dédaigneuse fierté semblait s'en accroître encore. Eh bien, lui aussi est en mon pouvoir.

GERTRUDE, *avec effroi.*

Mechtal!

GESSLER.

Déjà son ami, le farouche Guillaume, est là, dans les chaînes; il y expie ses menaces et ses refus. D'autres chefs encore pris en révolte ouverte, vont être traînés devant moi, je les attends et bientôt...

GERTRUDE.

Voudriez-vous répandre à mes yeux le sang de mon époux?

GESSLER.

Sa vie est entre vos mains, (*Il la conduit près du passage qui mène a la tour.*) Voyez ce passage, il couvre un abîme. Quiconque désigné par ma colère, met le pied sur ces planches mobiles, disparaît du monde sans laisser après lui aucune trace de son passage.

GERTRUDE.

Quelle horreur!

GESSLER.

Mechtal va venir.

GERTRUDE.

Tout mon sang se glace.

GESSLER, *indiquant la fenêtre nouvellement grillée.*

De cette fenêtre qui éclaire la retraite où l'on va vous conduire vous pourrez tout voir, tout entendre ; un geste de vous décidera du sort de Mechtal.

GERTRUDE.

Pardonnez-lui.

GESSLER.

J'ai prononcé.

GERTRUDE.

Barbare !

GESSLER.

Vous m'avez entendu.

GERTRUDE.

Fais-moi donner la mort.

GESSLER.

Plus tard nous verrons.

Il fait un signe au soldat qui emmène Gertrude dans l'intérieur du bâtiment de face.

SCÈNE III.

GESSLER, KUNTZ, HANTZ, RODOLPHE, Gens du Peuple.

RODOLPHE, *poussant dans la cour des hommes et des femmes.*

Avancez ; on a bien de la peine à vous faire obéir.

HANTZ.

Doucement donc.

RODOLPHE.

Je crois que tu te permets de raisonner. Une autre fois vos chapeaux tiendront moins sur vos têtes, vos langues seront moins affilées.

UNE PAYSANNE.

Je n'en puis plus.

RODOLPHE, *faisant entrer Kuntz de force.*

Allons marche ou sinon...

KUNTZ.

Marche marche, c'est bien aisé à dire. Quand les jambes refusent le service, il n'y a pas moyen.

RODOLPHE.

Si vous avez des réclamations à faire, adressez-vous au gouverneur. (*Il rentre dans la prison.*)

KUNTZ *apercevant Gessler.*

Le Gouverneur?... Je me risque, je vas parler pour vous. (*Otant son chapeau et d'un air embarassé.*) Monseigneur.......

GESSLER.

Qu'est-ce?

KUNTZ.

C'est moi, Monseigneur, c'est moi qui me trouve ici

je ne sais pas trop pourquelle raison ni de quoi diable je me suis mêlé, je leur disais bien que ça tournerait mal. . est-ce que vous ne me reconnaissez pas ?

GESSLER.

Non.

KUNTZ.

Je suis Kuntz, mon bon Seigneur, pêcheur de mon état et l'homme le plus doux des trois cantons.

GESSLER.

Pourquoi t'es-tu mêlé parmi ces mutins ?

KUNTZ.

D'abord je ne savais pas que c'étaient des mutins, et puis je vous réponds que c'est bien malgré moi, ils marchaient, ils parlaient, tout le monde était en mouvement. . . . j'ai fait comme tout le monde. Et puis, les gardes sont venus. . et puis, je me suis laissé prendre sans rien dire. Demandez. . . . pas vrai que je n'ai pas soufflé. Faites-moi grâce mon bon seigneur.

TOUS

Monseigneur !

KUNTZ.

Taisez-vous donc vous autres, on ne parle pas tous à la fois; vous ferez valoir vos raisons après. Je vous en supplie, Monseigneur, laissez-moi retourner à mes filets. . vrai je ne suis pas dangereux.

RODOLPHE, *sortant de la prison et bas a l'oreille de Gessler.*

Monseigneur, depuis que les prisonniers ont appris l'arrivée deGuillaume Tell, il est impossible de les contenir.

GESSLER.

Je vais rétablir le calme.

TOUS.

Monseigneur !

GESSLER.

Qu'on me délivre de ces misérables.

Il va pour entrer dans la prison.

KUNTZ.

Et moi mon bon Seigneur, est-ce que vous ne prendrez pas en considération....

GESSLER.

Qu'il reste là jusqu'à mon retour.

KUNTZ.

Merci, mon bon Seigneur.

GESSLER.

Je verrai plus tard ce que l'on en fera.

Il entre dans le bâtiment en face, suivi du geolier et de Rodolphe, qui y poussent les villageois.

SCÈNE IV.

KUNTZ, ensuite MARIE et ses deux PETITS ENFANS

KUNTZ *seul.*

Dieu! a-t-il l'air méchant! «Je verrai plus tard» ça n'est pas très rassurant... quoique ça, ça vaut encore mieux que d'être renfermé la dédans, je ne voudrais pas être à la place de ceux qu'il est allé voir.

Marie entre par la gauche, elle traine péniblement deux petits enfans qui lèvent leurs mains au ciel et pleurent. Ils regardent une fenêtre grillée du second étage, qui est censée celle de la chambre qui renferme leur père.

LES ENFANS

Du pain, maman, du pain.

MARIE.

Hélas! mes enfans, je n'en ai point. Encore un peu de patience. (*A elle-même.*) Sans doute la présence du gouverneur aura retardéla distribution

KUNTZ.

Il paraît bonne femme, que vous êtes ici comme moi en attendant. Monseigueur vous laisse libre de ne pas sortir de la cour.

MARIE.

Pardonnez-moi, je puis entrer et sortir quand bon me semble. C'est mon mari qui est en prison et cela nous laisse dans une profonde misère.

KUNTZ.

Ah! votre mari est donc un mutin aussi?

MARIE.

Lui!.. le pauvre homme, profitânt de ce qui n'appartient à personne, s'en allait faucher l'herbe qui croît au bord des précipices escarpés que le bétail ne saurait gravir.

KUNTZ.

Et ils ont été le prendre là?... par exemple!... et pourquoi?...

MARIE.

Tout son crime est de n'avoir pas demandé la permission au gouverneur. Pour de l'herbe, mon bon monsieur, pour de l'herbe qui n'appartient à personne!...

KUNTZ.

Les méchantes gens!...

MARIE.

J'ai réclamé justice au château... on m'a chassée.

KUNTZ.

Oui, c'est l'habitude.

MARIE.

Je me suis présentée sur le passage du gouverneur pour obtenir qu'on juge au moins mon pauvre mari...

KUNTZ.

Ah, ben oui!

MARIE.

Je me suis jetée à genoux sur la route. Comme j'insistais et tenais la bride de son cheval, il m'a renversée en donnant des ordres sévères contre ce qu'il appelait mon insolence. Hélas! les exécuteurs de sa justice ne l'ont que trop bien entendu... ils ont mis le feu à ma chaumière.

KUNTZ.

Pauvre femme!...

MARIE.

Malade, sans asyle, sans secours et sans pain; ne pouvant porter ces chers enfans dans les lieux dangereux où leur père allait chercher de quoi subvenir à nos besoins, je passe mes jours et mes nuits avec eux; là, dans cette cour, en plein air, sur la paille!... nous n'avons d'autre subsistance qu'un peu de pain noir que mon mari reçoit de ses bourreaux.

KUNTZ.

Chut!... ne vous servez pas de ces mots là ici; dites ses gardiens: c'est moins dangereux.

MARIE.

Il le partage avec nous. Tenez, c'est par cette fenêtre qu'il nous le jette, et la faim nous force de le priver encore de la nouriture grossière à peine suffisante pour lui-même. (*Elle pleure*) Ah! je suis bien malheureuse!..

(Rumeur dans la prison.)

GESSLER, *en dedans.*

Paix!.....

KUNTZ, *à Marie.*

Chut!... voici le gouverneur.

MARIE.

Je vais tenter un dernier effort.

KUNTZ.

Prenez garde.

MARIE.

Hélas! que peut-il m'arriver de pis?

SCÈNE V.

GESSLER, MARIE, KUNTZ, LES DEUX ENFANS, RODOLPHE, UN GEOLIER, *ensuite prisonniers des deux sexes aux fenêtres.*

GESSLER, *entrant.*

S'ils recommencent, les têtes tomberont et je ferai jeter leurs cadavres aux oiseaux de proie!...

KUNTZ, *bas à Marie.*

Le moment est mal choisi... attendez; il est trop en colère.

MARIE.

C'est égal. (*se précipitant à genoux*) Monseigneur...

GESSLER.

Pourquoi vous placer sur mon chemin ? retirez-vous.

MARIE, *se relevant.*

Prenez pitié de notre misère profonde. Voilà plus de six mois que mon pauvre mari languit en prison en attendant la sentence du juge...

GESSLER.

Patience.

MARIE.

Mes enfans meurent de faim; faites-nous miséricorde, Monseigneur. Vous êtes juge dans ce pays au nom de l'Empereur et de Dieu même.

GESSLER.

Pensez-vous me contraindre à vous écouter? retirez vous!

MARIE.

Remplissez votre devoir, Seigneur. Songez qu'on vous fera justice là haut, comme vous l'aurez faite ici bas.

KUNTZ, *à part.*

Elle arrange joliment son affaire.

GESSLER.

Qu'on la chasse de mes yeux.

(Ici toutes les grilles se garnissent peu à peu de prisonniers qui sont attirés par les cris de Marie.)

MARIE.

Non, tu ne sortiras pas avant de m'avoir rendu justice. Mon malheur est sans bornes; je n'ai plus rien à craindre de ta colère.

GESSLER, *voulant sortir.*

Retire-toi !...

MARIE.

Non !... (*Elle se précipite en travers de la porte, en tenant un enfant sous chaque bras.*) Je veux que tu me foules aux pieds... Je veux que tu écrases aussi ces innocentes créatures !... Ce ne sera pas ton plus plus grand crime. Je veux que tu me traites comme le peuple que tu gouvernes au nom de l'Empereur. Ah ! par malheur, je ne suis qu'une femme; si j'étais homme, je saurais faire autre chose que me rouler dans la poussière.

LES PRISONNIERS, *étendant les mains à travers les barreaux.*

Grâce ! grâce !...

GESSLER.

Qu'on jette cette femme auprès de son mari, pour apprendre au peuple le respect dû au maître qu'elle outrage.

LES PRISONNIERS.

Grâce !...

GESSLER.

Silence !... Qu'on les enchaîne aux murailles, pour les

punir d'avoir osé se montrer. (*Désignant Kuntz.*) Emmenez aussi celui-là.

KUNTZ *à part.*

Ah! mon Dieu! je croyais qu'il m'avait oublié.

(On entraîne Marie, ses enfans et Kuntz, qu'on jette dans la prison. Les prisonniers ont quitté les fenêtres.)

SCÈNE VI.

GESSLER, MECHTAL, *enchaîné et conduit par des soldats,* puis CONRAD, WALTER, EDWIGE, PEUPLE.

(On voit passer derrière la grille, Mechtal, enchaîné et conduit par des hommes d'armes.)

GESSLER.

Le voilà donc, ce Mechtal! on me l'amène enfin!...

(Mechtal et son escorte ont disparu. Conrad se montre à la grille, suivi du peuple, qui s'y arrête également.)

CONRAD.

Ces indignités n'auront donc pas de terme? Et nous les souffrirons plus long-temps?...

LE PEUPLE.

Non! non!...

CONRAD, *montrant Gessler prêt à sortir de la cour par la porte de droite.*

Voyez-vous le tigre à l'abri de ses barreaux?... Il rugit de joie, dans l'attente des victimes qu'on traîne devant lui; d'avance il se repait de leur mort... Il s'apprête à les dévorer... Misérable!... rends-moi ma sœur!

TOUS.

Gertrude!

CONRAD.

Rends-moi mon ami!

TOUS.

Mechtal!

CONRAD.

Rends-nous Guillaume Tell!...

TOUS.

Guillaume Tell!...

(Gessler va à la rencontre de Mechtal.)

EDWIGE, *paraissant à la grille.*

C'est vainement que vous espérez attendrir cette âme de bronze... Le monstre se rit de notre courroux inutile. Ce ne sont pas des clameurs qui sauveront nos amis.

CONRAD.

Edwige a raison : prenons les armes.

TOUS.

Aux armes!...

(Ils s'éloignent en courant de divers côtés.)

SCÈNE VII.

GESSLER, ensuite **MECHTAL** *enchaîné et conduit par des soldats.*

GESSLER *seul, rentrant dans la cour.*

Que me font ces vaines menaces, ces cris?... Race altière et farouche, je vous dompterai malgré tous vos efforts. Je vais m'assurer de Guillaume ; il me servira d'otage.

MECHTAL *entrant.*

Tu te crois à l'abri dans tes forteresses; mais nous saurons les renverser.

GESSLER.

Te voilà donc, audacieux rebelle!... qu'on le plonge dans le cachot le plus profond, avec son cher Guillaume. Le froid calmera leurs têtes effervescentes.

MECHTAL *se débattant:*

Laissez-moi!.. que je venge d'un seul coup mon père, la Suisse et tous mes outrages. Laissez-moi délivrer ces paisibles vallées du monstre qui a su y semer la discorde et la guerre. Lâche! tu te retranches derrière tes soldats et tes grilles! .. viens, ose te mesurer avec moi. Si notre sang doit couler, que ce soit pour l'affranchissement du pays : la liberté nous coûtera moins cher que l'esclavage. Tu refuses? va donc rendre compte de tes crimes devant l'Éternel... tiens!...

(Avec un grand effort, il échappe aux soldats qui le retenaient, prend ses chaînes à deux mains, les lève en l'air, et court en frapper Gessler qui évite le coup en se reculant. Les soldats se précipitent sur Mechtal et le contiennent avec peine.)

GESSLER.

C'en est trop!.. qu'il meure!...

(D'un geste, il montre le passage de la tour dont il a déjà parlé à Gertrude. Les hommes d'armes y conduisent Mechtal; en ce moment Gertrude paraît à sa fenêtre et s'écrie :)

GERTRUDE.

Mechtal, la mort est sous tes pas!...

(Il n'est plus temps. Gessler a touché un ressort placé dans un des poteaux et Mechtal a disparu. Gertrude dans le mouvement qu'elle a fait pour avertir son époux, s'est imprudemment avancée sur la fenêtre de l'angle où pose encore l'échafaud volant; la planche fait la bascule et Gertrude tombe en dehors. Conrad arrive en ce moment à la tête du peuple armé de marteaux, de leviers, de haches, etc. Tout le monde pousse un cri d'effroi et d'horreur. Gessler rentre dans l'intérieur de la prison laissant un groupe de soldats dans la cour pour la défendre.)

SCÈNE VIII.

CONRAD, EDWIGE, SOLDATS, PEUPLE; ensuite **KUNTZ, HANTZ, MARIE, LISBETH** et les PRISONNIERS.

CONRAD, *à la grille..*

Il faut un terme à tant d'atrocités. Détruisons ces barrières!...

EDWIGE.

Renversons ces murailles! dussent-elles nous écraser sous leurs ruines, pourvû que le monstre y périsse avec *nous!*...

(On brise les éperons et les artichauds avec un bruit effroyable et les plus violens efforts; *la grille cède aux efforts de la foule*, elle est renversée. On démolit une partie du mur d'appui, malgré la résistance des soldats restés dans la cour; on les met en fuite; ils se retranchent dans la prison, en fermant les portes sur eux.)

TOUS.

Guillaume!...

EDWIGE.

Cher Guillaume! réponds à ma voix!...

CONRAD, *montrant la porte du bâtiment.*

C'est là qu'il est enfermé... Enfonçons la porte!...

(On brise la porte à coups de marteaux et de barres de fer. Tous entrent en foule pour délivrer leurs parens et leurs amis; mais Conrad sort bientôt, poursuivi par deux soldats armés de sabres, et auxquels il oppose un marteau, avec lequel il pare les coups qu'on lui porte; il jette cette arme embarrassante et se saisit d'une barre de fer garnie d'un artichaud; il en assène un coup sur la tête de l'un des assaillans, qui tombe mort, et il étend l'autre à ses pieds, en le frappant à la poitrine; puis il rentre dans la prison. Marie en sort avec ses deux enfans. Un soldat veut les séparer; elle prend un de ses fils sous son bras, et tandis que de l'autre elle combat vigoureusement, son mari prend la fuite, et sauve l'autre enfant. Edwige, armée d'un sabre, soutient le choc avec un homme d'armes qu'elle a rencontré et qui parvient à la désarmer; mais ramassant une hache qu'elle trouve sous ses pas, elle fait mordre la poussiere à son adversaire. Marie, qui s'est également débarrassé du satellite qu'elle combattait, se jette dans les bras d'Edwige, pour la remercier de sa délivrance. Pendant ce temps, Lisbeth, accourue du dehors, cherche partout sa sœur, qu'elle retrouve et qu'elle serre contre son cœur avec des transports de joie. Un soldat, furieux de leur fuite, s'approche d'elles pour les séparer; Hantz, qui accourt à temps, le taille en pièces. D'autres habitans qui se sont emparés du geolier, le traînent hors de la prison, et le terrassent sur l'avant-scène. Conrad, épuisé de fatigue, accourt en désordre, sa masse d'armes à la main, et s'écrie:)

CONRAD.

J'ai cherché partout; Guillaume n'est plus dans la prison. Gessler, voyant l'impossibilité de résister à nos efforts, s'est ménagé une retraite. Soutenu par ses gardes, il est sorti par une petite porte qui donne sur le lac; il emmène avec lui Guillaume et le conduit dans sa barque au château de Kussnacht que l'on dit imprenable.

EDWIGE.

Et vous le souffrirez?...

TOUS.

Non!...

CONRAD.

Au lac!...

TOUS.

Au lac!...

EDWIGE.

Et puissse-t-il engloutir le cadavre de Gessler!...

TOUS.

Mort à Gessler!... Au lac! Au lac!...

(Sortie générale et tumultueuse.)

SIXIÈME PARTIE.

CHANGEMENT A VUE. — Le théâtre représente les bords du lac de Lucerne, du côté d'Altorf; il est très-agité. Depuis l'avant-scène jusqu'au fond on ne voit que de l'eau, des pointes de rochers et des montagnes au lointain. A droite, un torrent se précipite sous un pont de bois qui communique au rocher qui s'avance à pic dans le lac. A gauche, un roc élevé dans lequel est pratiqué une ouverture en forme de grotte. La neige tombe en abondance, l'éclair sillonne la nue et la foudre gronde. Demi-jour jusqu'à la fin de l'acte.)

SCÈNE IX.

HANTZ, MARIE, HABITANS DES DEUX SEXES, VILLAGEOIS, ENFANS.

(*Une foule d'habitans réunis sur les rochers qui bordent le lac, et parmi lesquels on remarque Hantz et Marie, cherchant à distinguer dans l'obscurité la barque de Gessler.*

HANTZ.

On ne voit rien; mais l'élan est donné; la Suisse tout entière se lève, et son réveil sera le coup de la mort pour le farouche Gessler.

(On entend une cloche tinter au lointain vers la droite.)

UN HABITANT.

Entendez-vous du côté d'Underwald?

HANTZ.

C'est pour que les femmes, les vieillards, les enfans, tout le monde coure aux armes. On dit qu'on ne trouverait plus une hache ni une arbalète dans les châlets.

UNE FEMME.

Ah! mon Dieu!... qu'allons-nous devenir? qu'est-ce qui sera vaincu? qu'est-ce qui sera vainqueur?...

SCÈNE X.

LES MÊMES, KUNTZ.

KUNTZ, *accourant par la grotte.*

C'est les Suisses qui sont vainqueurs!... (*on s'approche pour l'écouter*) ils se battent à Altorf comme des enragés, et l'on ne tardera pas à se battre ici. Ça va jolíment! courage, mes amis, voilà le moment de se montrer. Tel que vous me voyez, je sors de prison; je suis une victime de la tyrannie!...

UN HABITANT.

Toi?...

KUNTZ.

Oui, moi, et je m'en fais gloire. Gessler m'a fait l'honneur de me distinguer, de me craindre, quoi? on m'a plongé dans un cachot; mais par bonheur, je n'y suis pas resté long-temps. Dieu merci, il n'y en a plus de cachots, ou plus guère du moins. On démolit les forts, la fameuse prison est à bas; tout le monde y a mis la main, et j'ai fait comme tout le monde.

UNE FEMME.

Est-il possible?..

KUNTZ.

Nous triomphons que je vous dis. Ah! vous savez ben ce vilain... (*il montre sa coiffure*) à Gessler... et qu'on voulait nous forcer de saluer? eh ben, je l'ai vu traîner dans la poussière, puis jeter dans les fontaines, puis promener au bout d'une perche... il est propre, allez. (*on rit*) C'est fini. Gessler est à bas! ne vous gênez plus: que chacun montre librement la haine qu'il lui porte.

SCÈNE XI.

LES MÊMES, LISBETH.

LISBETH, *accourant par la droite.*

Ah! mon Dieu! mon Dieu! nous sommes perdus!

KUNTZ.

Hein? qu'est-ce que vous dites donc?

LISBETH.

Ils disent là bas que Gessler, à la tête de ses hommes d'armes, vient de mettre en fuite les mutins; qu'il a repris tout l'avantage et juré la mort de tous ceux qui ont eu part à la révolte.

KUNTZ.

Ne plaisantez donc pas comme ça.

LISBETH.

Je ne plaisante pas; on me l'a dit bien sérieusement.

KUNTZ, *à part.*

Oh! Dieu!... et moi qui me prononçais si chaudement!.. (*haut.*) Au reste, on sait que je ne suis pas dangereux. Je n'ai à me reprocher que des propos un peu légers. Qu'est-ce qui vient de ce côté? c'est Edwige, la femme de Guillaume; nous allons savoir du positif.

SCÈNE XII.

LES MÊMES, EDWIGE.

EDWIGE, *accourant par la grotte.*

Victoire! victoire!...

KUNTZ, *vivement.*

De quel côté?

EDWIGE.

Du nôtre.

KUNTZ.

A la bonne heure. (*à Lisbeth.*) Qu'est-ce qu'elle vient donc nous chanter? (*à Edvige.*) décidément, c'est nous qui sommes vainqueurs ?

EDWIGE.

Oui. Les hommes d'armes viennent de se rendre ; les autres sont en fuite. Bientôt les trois cantons n'auront plus d'ennemis.

KUNTZ.

En ce cas, victoire!...

TOUS.

Victoire !...

KUNTZ *par réflexion, à Edwige.*

Ah!... çà, vous êtes bien sûre de ce que vous dites?

EDWIGE.

Très sûre ; je l'ai vu. Mais Gessler, mais Guillaume, en savez-vous des nouvelles?

KUNTZ.

Aucune.

HANTZ, *sur un rocher à gauche.*

Voici Conrad!...

SCÈNE XIII.

LES MÊMES, CONRAD.

(Conrad accourt précipitamment par la droite ; tout le monde vole à sa rencontre ; il s'arrête au milieu de la montagne, et s'écrie :)

Mes amis! mes amis! .. un grand événement vient de m'être raconté par un témoin. Je vous ai dit que Gessler s'était embarqué pour conduire Guillaume à la citadelle de Kussnacht. *Au moment où il* a quitté le rivage, l'air était pur, l'onde tranquille, les étoiles brillaient au firmament, la barque volait sur les flots : tout annonçait une traversée heureuse pour notre ennemi. Tell enchaîné était couché au pied des rameurs; son arc était près de lui. Ses regards douloureux, fixés sur la vaste étendue des flots, semblaient porter ses tristes adieux à sa famille et à sa patrie expirante; mais l'Éternel veillait sur les destins de la Suisse. Tout-à-coup et comme par un miracle, en tournant la roche d'Axemberg, le vent change. Une effroyable tempête, partie des défilés du Saint-Gothard, s'échappe, en mugissant, du sein des nuages amoncelés et qui roulaient sur le lac avec la rapidité de l'éclair. Le ciel se couvre d'un voile funèbre : la neige qui frappe au visage des rameurs leur obscurcit la vue et les force à quitter la manœuvre. Abandonnée du pilote et soulevée par les vagues en fureur, tantôt la barque atteint et surpasse la nue, tantôt elle est précipitée au fond de l'abîme. Pâle, consterné et tremblant pour sa vie, le lâche Gessler tombe à genoux; il implore la Divinité qu'il a si souvent offensée; il offre ses trésors aux rameurs s'ils parviennent à le sauver; un morne silence est toute leur réponse. Alors des larmes baignent, pour la première fois, les yeux du féroce gouverneur. Il va périr, il en est sûr : ses richesses, sa puissance, ses bourreaux ne peuvent le préserver du trépas; il pleure, il regrette la vie... il ne pourra plus s'enivrer de sang!...

TOUS.

Achève! achève!...

CONRAD, *descendant en scène.*

Poussée par le vent du nord, la barque allait se briser contre les rochers. « Nous sommes perdus, s'écrie un des « rameurs, la mort est devant nous; elle est inévitable. « Un seul homme, le plus habile, le plus renommé des trois « cantons dans l'art de braver les tempêtes, pourrait nous « sauver. Cet homme est ici, le voilà, c'est Guillaume-Tell; « choisissez promptement entre le trépas et sa liberté. » Gessler frémit; sa haine contre Guillaume combat encore dans son âme pusillanime avec l'amour de la vie. Il hésite; mais les prières des rameurs, les murmures des soldats qui le pressent de sauver leurs jours et les siens; la crainte de périr victime de leur désespoir; la tempête qui s'augmente, le déterminent enfin. « Qu'on détache ses fers; je lui par- « donne et lui rends la liberté s'il nous conduit au port. » Délivré de ses chaînes, Tell se place au gouvernail et manœuvre de son mieux. Par ordre de Gessler, des nageurs s'élancent et se dirigent vers la côte pour appeler des secours et faire allumer des feux sur les rochers contre lesquels il craint d'échouer. Tout espoir n'est donc pas perdu, mes amis, nous reverrons Guillaume!... Que la flamme brille et s'élève sur le sommet des monts; hâtons-nous de donner le signal déjà convenu avec nos amis d'Underwald et de Schwitz, et auquel ils doivent tous se lever et nous rejoindre. Ainsi, par un effet de la protection visible du Tout-Puissant, notre tyran lui-même aura donné l'ordre qui doit consommer sa perte et la délivrance de notre belle patrie!

(Hantz, suivi d'un habitant, a gravi le rocher du fond; ils y ont allumé quelques branches de sapin. Bientôt après et successivement tous les monts qui bordent le lac à l'horison répondent à ce signal, et l'on y voit briller des feux plus ou moins vifs en raison de l'éloignement.

On nous répond!... Voyez-vous ces feux qui brillent sur toutes les montagnes qui avoisinent le lac? avant que le soleil se lève, nos destins seront accomplis.

EDWIGE.

Puissé-je n'avoir pas seule à gémir!...

(*On entend un son de trompe.*)

CONRAD.

Paix!... (*Autre son de trompe.*) C'est la trompe du crieur d'Altorf; sachons ce qu'il nous annonce.

LE CRIEUR, *avec un porte-voix, au loin.*

On distingue à l'orient la barque de Gessler.

CONRAD.

Voyons!...

(Edwige monte sur un rocher à gauche; Conrad sur celui de droite; Kuntz est un peu plus bas, derrière lui; Hantz est sur le pont du torrent; Marie et Lisbeth sont au bord du lac à droite et à gauche. Tous les autres habitans, femmes et enfans, sont groupés sur les hauteurs, et regardent avec le plus grand intérêt.)

La voilà!... là bas... là bas... au loin, dans la direction de Fluelen... Regardez.

KUNTZ.

Oui, je la reconnais à son pavillon écarlate.

HANTZ.

Voyez-vous?...

EDWIGE.

Oui, je la vois.

MARIE.

En effet.

UN HABITANT.

C'est elle!

TOUS, *de proche en proche.*

C'est elle!...

(On distingue au loin une barque luttant contre les flots en fureur; elle passe de gauche à droite.)

EDWIGE.

Maintenant, Gessler reconnaît un maître plus puissant que lui : les vagues n'obéissent point à sa voix; les rochers ne courbent point leurs têtes devant lui. (*La barque a disparu.*) Je ne vois plus rien.

CONRAD, *regardant à droite.*

Ils ont dépassé la pointe de Buggisgrat.

EDWIGE.

La tempête les rejette vers le grand rocher d'Axemberg... Ils disparaissent à la vue!...

TOUS, *de proche en proche.*

Quel malheur!...

EDWIGE.

On ne les voit plus!...

TOUS, *de proche en proche.*

Oh! mon Dieu!...

EDWIGE.

Mes amis, prions tous pour Guillaume.

(Tout le monde s'agenouille et implore l'assistance du ciel.)

CONRAD.

Justice divine, pour atteindre le coupable, laisseras-tu périr un innocent?

EDWIGE.

Je les vois!...

TOUS, *se levant.*

Dieu soit loué!...

EDWIGE.

Ils approchent... Je distingue Guillaume... il tient le gouvernail.

TOUS, *de proche en proche.*

Il tient le gouvernail.

EDWIGE.

Les voilà!... Oh! mon Dieu!... ils vont se briser contre cette roche qui s'élève à pic!...

CONRAD.

Non, non.

EDWIGE.

Ils ont passé le brisant.

(On voit passer, de droite à gauche et sur un plan plus rapproché, une barque plus grande montée par des enfans qui représentent Gessler, Tell et deux soldats.)

CONRAD.

Comme on les distingue!...

EDWIGE.

Voyez-vous les efforts que fait Guillaume?...

(En ce moment une vague passant au-dessus de la barque, brise le mât.)

TOUS, *poussant un cri d'effroi.*

Ah!...

CONRAD.

Le mât vient de se briser!...

TOUS.

Courage!... courage!...

(La barque disparaît.)

CONRAD, *regardant à gauche.*

Guillaume gouverne de ce côté; il se dirige sur nous... Regardez!...

(Tous ceux qui étaient à gauche se portent vers la droite.)

TOUS, *de proche en proche.*

Les voilà!...

(La barque qui porte réellement Gessler paraît au cinquième plan, à gauche. Tell la dirige vers le grand rocher à droite. Arrivé tout près, il s'y élance, et d'un pied vigoureux il repousse la barque au large et gagne le sommet. L'équipage est submergé; mais Gessler reparaît bientôt à gauche, gravissant un roc à fleur d'eau.)

GESSLER.

Tu te flattes en vain de m'échapper; je veux...

TELL, *apprêtant son arc.*

Demande grâce au ciel, ton heure est arrivée.

(Il lui lance une flèche, et Gessler, frappé au cœur, tombe dans le lac.)

TOUS.

Victoire !...

(Guillaume descend du rocher et vient sur la plage, porté dans les bras de sa femme et de ses amis. Il embrasse tendrement Walter, qu'il presse contre son sein. Les habitans des environs sont accourus; les montagnes se couvrent de personnages qui font éclater leurs transports de joie, en élevant en l'air leurs chapeaux et des branches de sapin coupées à la hâte.)

TELL.

Cette terre n'a plus rien à redouter des fureurs de Gessler. Amis, la Suisse est libre ; elle est sauvée !...

TOUS.

Vive Guillaume Tell !...

FIN DU TROISIÈME ET DERNIER ACTE.

www.ingramcontent.com/pod-product-compliance
Ingram Content Group UK Ltd.
Pitfield, Milton Keynes, MK11 3LW, UK
UKHW020345220726
13923UKWH00004B/1564